[美]埃里克·菲尔布鲁克·凯利 / 著

[波兰]雅尼娜·多曼斯卡 / 图

王佳妮 / 译

南来寒 / 主编

纽伯瑞儿童文学奖
获奖作品精选

17

波兰吹号手

南京大学出版社

图书在版编目(CIP)数据

波兰吹号手 / （美）埃里克·菲尔布鲁克·凯利著；
王佳妮译. -- 南京：南京大学出版社，2020.9
　（纽伯瑞儿童文学奖获奖作品精选 / 南来寒主编）
　ISBN 978-7-305-23054-7

　Ⅰ．①波… Ⅱ．①埃… ②王… Ⅲ．①儿童小说－长
篇小说－美国－现代 Ⅳ．①I712.84

中国版本图书馆CIP数据核字(2020)第044101号

出版发行　南京大学出版社
社　　址　南京市汉口路22号　　　邮　　编　210093
出 版 人　金鑫荣
项 目 人　石　磊
策　　划　刘红颖

丛 书 名　纽伯瑞儿童文学奖获奖作品精选
书　　名　波兰吹号手
著　　者　［美］埃里克·菲尔布鲁克·凯利
绘　　者　［波兰］雅尼娜·多曼斯卡
译　　者　王佳妮
主　　编　南来寒
责任编辑　洪　洋
助理编辑　巫闽花
责任校对　王冠蕤
装帧设计　谷久文

印　　刷　山东润声印务有限公司
开　　本　889×1320　1/32　印张 5.75　字数 178千
版　　次　2020年9月第1版　2020年9月第1次印刷
ISBN 978-7-305-23054-7
定　　价　26.00元

网　　址：http://www.njupco.com
官方微博：http://weibo.com/njupco
官方微信号：njupress
销售咨询热线：(025)83594756

纽伯瑞儿童文学奖（Newbery Medal），又称纽伯瑞奖。1922 年由美国图书馆学会（American Library Association）的分支机构——美国图书馆儿童服务学会（Association for Library Service to Children）创设，旨在表彰那些为美国儿童文学做出杰出贡献的作者们。该奖每年颁发一次，专门奖励上一年度出版的英语儿童文学优秀作品。每年颁发金奖一部、银奖一部或数部。自设立以来，已评出数百部优秀的儿童文学作品。纽伯瑞儿童文学奖已成为美国乃至世界公认的儿童文学大奖。

内 容 简 介

　　这是一个关于塔尔诺夫大水晶球的传奇冒险故事。世人一谈起它，尽显百态。睿智的人窃窃私语，居心叵测的人顿起歹念。阴险的鞑靼首领一心想夺占水晶球。勇敢的男孩约瑟夫遵照古老的誓言，不惜一切代价，誓要保护这件举世无双的瑰宝。

　　约瑟夫和他的家人因水晶球遭到迫害，无奈之下举家投奔住在克拉科夫城的亲人，却不料又卷入了一场争夺水晶球的阴谋。炼金术士、催眠师还有魔鬼的黑暗使者，各路奇能异士纷纷现身，费尽心机抢夺水晶球。面对这些手段残忍的大恶棍，年少的约瑟夫是否能守护好塔尔诺夫大水晶球，不让它被鞑靼首领抢走呢？让我们一探究竟吧！

用 生 命 吹 响 号 角 的 号 手

在十三世纪的波兰，有那么一个男孩，他为了抵抗鞑靼大军的入侵，在城楼上吹响集结号，不料被凶悍的敌人一箭穿心，献出了年轻的生命。他的英勇事迹和爱国之情随着那未完的号声流传至今。

没想到时隔两百年，就在同一座塔楼之上，居然又有一名号手再次吹响了战斗的号角，警醒城民和军队远方正有大批敌人来犯，仿佛是在完成百年前号手未尽的使命。

本书作者的思绪伴着古老的号角残调飞回兵荒马乱的年代，勾勒出故事中的主人公形象，一段惊心动魄的冒险故事就此展开。

故事以波兰的克拉科夫城为背景。在 1928 年前，"克拉科夫"这个名字从未在儿童文学著作上出现过，就连走遍大江南北的旅者们也对它知之甚少。然而，这座看似陌生的城市却是波兰的故都。本书的作者凯利先生对中世纪的波兰故事如醉如痴，他曾翻阅无数学院典籍和传奇故事，了解当地的历史和民风民情，竟然找不到传颂波兰国王卡奇米日·雅盖沃的文献记载。于是，他决定通过描写当年形形色色的人物，向后人呈现这座古老而神秘的城市。

少年约瑟夫生活在侠客与恶棍并立的混世。炼金术士、披甲骑士、善良的教士，还有凶神恶煞的流氓歹徒，各路奇能异士为抢夺塔尔诺夫大水晶球大打出手，少年约瑟夫一家也被卷入了这场水晶球之争，演绎出一幕幕跌宕起伏的冒险故事。

《波兰吹号手》在 1928 年秋季出版后，即刻得到广泛好评。短短几个月内，这本讲述波兰历史故事的冒险小说吸引了大批儿童读者，堪称非常棒的青少年读物。某图书馆员工曾写信告诉我，馆中收藏的《波兰吹号手》被无数人借阅，书本已经被磨损得破旧不堪了。

波兰文学界将此书誉为"波兰人与勇猛的美国人之间的友好关系与新理解的象征"。克拉科夫市参议员为了对作者表达感激之情，赠与作者和出版商一笔费用。迄今为止，圣母圣殿上空始终回荡着银号吹出的悠扬乐声。作为纽约公共图书馆《图书周刊》会议发言人，凯利先生谈到，教堂奏响的"未完的古老圣歌"，勾起了他的缕缕思绪。

"现如今，克拉科夫市的号声谱写了一曲英雄乐章，升华为波兰人心中英雄主义的象征。"

我特地为凯利先生请来了一位纽约警察乐队的成员。乐手奏起嘹亮的音符，可惜发出的声音刺耳如长锥。此时没人能看透我的心思，我真想把这位魁梧的警官先生推进地窖，教教他怎么看谱子！旧时的小号躺在铺满天鹅绒的箱子里展出。在这一年时间里它走遍全美，书店、学校和图书馆，处处能寻见它的足迹。自那时起，为数不多的珍贵号角全部收藏在古老的塔楼中。

1929 年，《波兰吹号手》一书在华盛顿特区荣获纽伯瑞奖，英雄的号角响彻美国图书馆协会会议现场。凯利先生就此发表获奖感言，以下为感言节选：

"我并不清楚各位是否认为这是一支曲子，不过克拉科夫城的心灵之歌的确让我的内心泛起涟漪。克拉科夫挣脱乱世阴影不久，我便慕名前往当地。刚刚踏进这座饱经沧桑的城市便听见赫纳号角之音，仿佛正将往事娓娓道来。各种铃音随即绵延开来，惊得鸽群振翅飞入天际，犹如飘在空中的皑皑雪花——身临其境的我百感交集，心潮澎湃。

"克拉科夫城深深地吸引着我，令我无法自拔。回到家乡后，我马不停蹄地开始钻研有关它的一切，从早到晚往教堂跑……心心念念，兴趣浓厚得无以复加。"

《波兰吹号手》之所以如此与众不同，是因为故事不仅描绘了诗画般的波兰，还以新闻记者犀利的触觉记录了当时发生的点点滴滴。

第一次世界大战期间，凯利先生曾向波兰驻法军团提供救援，被波兰人不屈不挠的战斗精神所触动。波兰解放后，凯利先生断然随大军返回那片孕育无数勇士的土地，定居波兰三年之久。不但如此，他还收到波兰政府颁发的三枚奖章。1924 年，他重返波兰参加由纽约科希丘什科基金会赞助的教堂研究工作，没想到此行反而成为他创作这本传奇小说的契机。

《波兰吹号手》一举成名，受到各界人士褒赞。于是，凯利先生再次提笔写下圣诞故事《净草》、波兰历史小说以及其他经典作品。凯利先生穷尽一生教授英国文学与波兰历史，故于 1960 年，可是凯利先生虽死犹生，他的大作和教义将流传后世。

路易丝·西曼·柏克德尔

波 兰 吹 号 手 的 誓 言

"我以毕生名誉发誓，作为波兰国王、波兰人民的仆人，我必恪尽职守，至死不渝。即使危难当前，也必登圣母圣殿高塔，以圣母之名，每隔一小时吹响《赫纳之歌》一次，向圣母致敬！"

致：

爱德华·洛厄尔·凯利

卢维尔·霍华德·梅里尔

目录

序章　戛然而止的音符　　　1

第一章　不愿卖南瓜的怪人　　　7

第二章　克拉科夫城　　　16

第三章　炼金术士　　　27

第四章　正义之士扬·坎蒂　　　39

第五章　鸽子大街　　　48

第六章　高塔上的吹号手　　　59

第七章　炼金术士的阁楼　　　67

第八章　纽扣脸彼得　　　77

第九章　遭遇纽扣脸彼得伏击　　　88

第十章　恶魔出手　　　97

第十一章　夜袭教堂　　　105

第十二章　两小无猜的约定　　　115

第十三章　塔尔诺夫大水晶球　　　126

第十四章　灭顶之灾　　　140

第十五章　卡齐米日国王　　　150

第十六章　完美落幕　　　162

尾声　最后一个音符　　　167

序章　戛然而止的音符

　　故事发生在遥远的 1241 年，正值万物复苏之际，可是关于鞑靼人[①]大举西进的传言在俄罗斯大地上不胫而走，一路传到了基辅[②]人民的耳中。鞑靼人天生冷酷无情，在欧洲横行霸道多年，烧杀抢掠，无所不为。凡是听闻鞑靼人再度出军的平民百姓，个个如临大敌，心惊胆战。母亲们也把孩子紧紧搂入怀中，不敢离开孩子半步。

　　短短几个星期内，谣言愈传愈烈，甚至有人断言邻国乌克兰早被鞑靼大军打成一片火海，尸横遍野，而且蛮子大军已经攻入了波兰境内。也有人确信基辅已然失守，号称"狮城"的里沃夫市[③]也落入了鞑靼人之手。蛮邦战士来势汹汹，犹如猛兽一般，以风驰电掣之势席卷了几座宁静的村落，践踏大片肥土良田，昔日上和下睦的克拉科夫城也难逃一劫。鞑靼人所到之地生灵涂炭，因为他们绝不会留下任何活口，哪怕是一根幼苗都不会放过。

　　这帮蛮子身材矮小，皮肤黝黑，满脸胡子拉碴，头上蓄着的小辫子也是他们部落的一大特色。鞑靼人素来有"马背上的民族"的称号，士兵几乎都骑着个头不高的战马，马背上还驮满了掠劫来的战利品。鞑靼士兵个

---

①鞑靼人：中世纪侵扰亚洲及东欧大片土地的蒙古人和突厥人。
②基辅：乌克兰首都。
③里沃夫市：乌克兰城市。

1

个勇如雄狮，猛如巨犬。可惜的是，如此强大彪悍的民族却无半点怜悯之心；何谓温柔待人，何谓敬畏神明，他们更是全然不知了。这群身穿皮甲、耳戴金环的侵略者手持皮制和铁制的盾牌，总把长矛挂在自己的马鞍上。每当策马奔腾时，总是掀起漫天尘土，铁蹄声震天响，百里开外的人闻声便知：鞑靼人快打过来了！鞑靼大军声势浩大，整个部队要经过某个地方得花上好几天，可见他们的士兵真是多到数不清。主力部队后面还跟着长长的后援队伍，后援团推着大车运送奴隶、粮草和各种战利品——多数是成车成车的黄金。

而在大军的前方，总有无数被鞑靼大军吓得魂飞魄散、四处逃命的可怜人。他们在与自己简陋的小家告别时，仿佛已经历了一场生离死别。在这样一个战火连天的年代，穷人吃尽了苦头。他们无依无靠，只能带上家当，赶着鹅羊，餐风饮露，驱马另寻活路。如果上帝真的眷顾这些人，他们绝不会摊上这样的惨事。眼下流离失所的难民比比皆是，男女老少结队而行：沮丧的老人不愿提起自己的故居，母亲们正在给孩子哺乳，还有病恹恹的妇女……最绝望的还是那些要养家糊口的男人们，他们这辈子辛辛苦苦攒下的积蓄被鞑靼人洗劫一空！孩子们也失去了平日的活力，一边抱着自己的宠物，一边拖着疲惫的身体跟在队伍后面缓慢前行。

难民从四面八方涌至克拉科夫城。城内善良的官民们决定敞开城门先让他们入城避难，同时正努力准备抵御外敌。话虽如此，城中身份显贵、腰缠万贯的上等人早已逃之夭夭啦！他们中有的人为了躲避残暴的鞑靼大军，向西面逃跑；而另一些人选择北上，希望去偏远的修道院里避难。克拉科夫城近郊有一个叫长杰维尔辛尼克的地方，那里其实也有修道院，现在已经挤满了逃难的人。修士们一面竭尽所能腾出所有空间安置寻求庇护的贫苦难民，一面忙于筹划如何应对敌人的侵袭。这些难民被鞑靼大军吓破了胆，陷入无尽的绝望，可当他们抵达克拉科夫城后，心中大石终于落地，仿佛得到了神的庇佑一般安心。入城后，他们纷纷将目光投向南方，眺望维斯瓦河①畔，巍峨高山顶上的瓦维尔城堡。这座城堡的高处耸立着风格迥异的角塔，看起来气势磅礴，坚不可摧。要知道，从卡拉库那个朝代起，这里一直是波兰历代君王的要塞，皇亲国戚的府邸。

瓦维尔城堡并没有打算调遣士兵到堡外驻守，因为他们不愿意让城民和士兵们白白送命。短短几日里，滞留在城里的市民和从全国各地逃难来到此地的难民们纷纷拥入要塞，在里面安营扎寨。城堡大门刚好设在圣安德鲁大教堂对面的海威堡附近，阵守城门的士兵们在最后关头设下重重路障，封锁了入城的要道。为了保卫自己的家园和亲人，卫兵们早将生死置之度外，他们站在城墙之上，时刻准备着迎头痛击鞑靼大军。

夜晚时分，城外的村庄已经被鞑靼人烧得火光冲天。这群侵略者似乎对鬼神没有丝毫敬畏之心，他们强行闯入教堂，甚至在里面搜刮战利品，搞得人喧马嘶。长夜漫漫，城外充斥着恐怖的声响——夹杂着烈火熊熊燃烧的噼啪声，敌人发现猎物逃跑后的怒吼声和咒骂声，还有不时传来的劫获金银财宝的欢呼声。

黑夜总是弥漫着无尽的忧伤，这一晚鞑靼人对克拉科夫城的无情践踏让活着的人感到无比绝望！天蒙蒙亮的时候，瓦维尔城堡的哨兵发现整个克拉科夫城已经被烈焰吞没。布兰克村里的犹太人聚居地化为了灰烬，没能躲进防御要塞的难民和城民也在这一夜中葬身火海。城内只有三所大教堂没被大火烧毁：一座是挨着大集市的圣母圣殿，另一座是建有高大塔尖的圣安德鲁大教堂，还有一座是集市里的圣阿达尔贝特大教堂。

谁能想到克拉科夫城经历屠城后，竟然还有一个人活了下来——准确地说是一个年轻人。这个幸运的年轻人究竟是谁呢？他就是圣母圣殿的吹号

---

①维斯瓦河（英语：Vistula，波兰语：Wisła），又依英文发音译"维斯杜拉河"，是波兰最长的河流，全长1,047公里。

手！这位年轻人像每任吹号手一样发过誓，今生将不分昼夜，每隔一小时吹响一次《赫纳之歌》。经过一夜的煎熬，他克服了常人无法承受的恐惧，兑现了至死不渝的誓言。当第一缕金灿灿的阳光把维斯瓦河装扮成波光点点的河流时，吹号手登上教堂阳台，吹奏起那首不变的旋律。温柔的阳光渐渐地洒落在吹号手的身上，令他内心涌起一股莫名的喜悦！

一队矮个儿鞑靼卒子闻声跑来探个究竟，站在高塔下面打望着吹号手。年轻人俯身一看，发现高塔四周的无数民宅被烧成了残垣断壁，还有的正冒着滚滚浓烟——自己已经无路可逃了！就在鞑靼人打来的前一天，他本来可以和难民一起逃进要塞，但他坚持留下来，履行立下的诺言。现在如果再想抽身离去，恐怕是来不及了……

这个号手可能才十九岁，顶多二十岁出头，穿着一件系着对扣的深色布衫，一直拖到膝盖底下，款式倒与后来的灯笼裤有些类似，外面加了一件及腰的短款外套，用皮带在腰前扎紧，脚下踩着一双软软的尖头浅帮鞋，腿上又黑又厚的长筒袜一直拉到膝盖上。他的头颈被皮制的头巾裹得严严实实，只露出了脸和一点点发梢。

"妈妈和妹妹应该已经逃出了鞑靼的魔掌，"吹号手心里嘀咕着，"愿上帝保佑她们！她们两人在十天前就离开了这里，现在肯定已经在摩拉维亚的亲戚家住下了。"一想到这里，吹号手觉得生活是如此美好。

阳光透过薄薄的云层照耀着维斯瓦河，在瓦维尔大教堂的窗户上反射出一道道的彩光。教堂里，教士正在做着弥撒，为克拉科夫城的命运祈祷。守在城门口的护卫队员个个全副武装，严阵以待。城门上空挂着一面绣有白鹰的战旗，正随风飘扬。

吹号手心想："波兰保住了。"作为一名热血青年，吹号手一度也想成为光荣的波兰士兵，保家卫国，与蛮横的侵略者殊死搏斗。昨晚鞑靼人血洗克拉科夫城之前，吹号手从未目睹过这等惨烈的场面，更未离死亡如此近过——以前，他只是偶尔听到过有人提起战争的残酷罢了。现在，他的生命可能很快要画上句号了，但这一切都是值得的：为了他的誓言，为了从小到大热爱的教堂，为了对祖国的忠诚，他甘愿牺牲自己的宝贵生命！

"我不能背弃承诺，我誓与诺言同在！这样我也死得其所。"吹号手若有所思地凝望着远方。

就在这生死存亡之际，年轻人脸上却流露出不合时宜的平静，因为他听见了上帝的召唤，在面对死亡时他显得更加从容了。若是恰好有位画家经过这里，就能捕捉到他那无所畏惧的神情。年轻人身边摆放的时间沙漏记录着逝去的分分秒秒，仿佛在提醒着他，是时候吹响圣歌了。"为了波兰，为了圣母，我一定要吹响《赫纳之歌》！"于是，他淡定地将小号举到了嘴边。

号角声刚刚响起时，旋律格外清扬，但很快调子变得激昂起来，犹如一曲凯歌，高潮迭起。就连吹号手自己也受了圣歌的鼓舞，整个人都欢悦了起来。他其实料到自己会孤独地死去，但还是义无反顾地坚守着那份在别人看来荒诞至极的荣耀。吹号手在生死关头所表现出来的非凡气概注定会在波兰人民心中流传下去，成为波兰民族精神的一部分，为他们带来取之不尽的勇气和力量。

终于，一个鞑靼人在高塔底下拉动弓弦，用力向吹号手射了过去。弓箭像一只极速飞翔的小鸟一样，"咻"的一声冲向吹号手，刺穿了他的胸膛，扎进去的那一刻还能看到箭尾微微颤动了几下。吹号手心想：我怎么可以倒下？圣歌还没吹完呢，我不能带着遗憾离去。他牢牢握住手里的小号往后退了几步，靠着墙根支起自己的身体，吹完了最后一段乐章。曲调由强变弱，颤抖的音符在空中戛然而止，奄奄一息的吹号手也断了气。就在此时，高塔底下的鞑靼士兵用手中的火把点燃了木质结构的教堂，教堂承载着吹号手的光荣灵魂从烈火中飞上了天堂。

第一章　不愿卖南瓜的怪人

故事发生在 1461 年 7 月底的一个早晨。那一天旭日冉冉升起，火辣辣的阳光烘烤着古老的克拉科夫城，仿佛迎来了夏季最酷热的一天。在进城的路上，有一个商队驱着货车晃晃荡荡地赶路。从远处看，货车好像一个装在轮子上的大箩筐，很有意思。那个年代的商队大都用结构简单的四轮马车送货，把车身上伸出的粗糙圆木当作车辕驾马拉车；几块结实的圆形木板钉在一起就有了车轮，再用火烧制木板的边缘，使车轮更加坚固；车身则是用粗糙的十字木板作底，两侧和车尾全是用芦苇编成的。货车经常载着货物翻过坑地，越过石滩，有时还得从田地和湍急的溪流中穿过，在路上东倒西歪地缓缓前进，就好像在海中迎风飘荡的小船。

每辆货车旁边都有一位挥动着皮鞭的车夫。他们不停地抽打着马背，好让马儿快点往前走。孩子和妇女们则静静地坐在车上，什么也不用做。

既然说了是货车，车上自然载着五花八门的货物了——蔬菜、鲜花、鸭子、母鸡、鹅、猪、黄油和牛奶……总之，生活用品应有尽有。有的货车运了一整车兽皮，还有一辆装着花园最需要的黑土，种花植草缺不了它呢！瞧瞧那个车夫，他的车上运了满满一车家禽，自己的脖子上还挂了几串干蘑菇，就像是戴上了珠子串成的项链一样。商队翻山越岭，终于驶入了平川。这一路上，商队里的人可没少见到美如画卷的青山绿水。那蜿蜒曲折的维斯瓦河

7

犹如银手镯一般环绕着瓦维尔山。越是靠近大山，越能感受到大自然生生不息的活力，湿润的青草香气和新鲜泥土的味道扑鼻而来。

开市时间已经到了，好多连夜赶路的货车加快了速度，从小道驶进了城外的主道。这条路连通了克拉科夫、塔尔诺夫、里沃夫和基辅这几座相邻的城市，民众从四方接踵而来，有的人甚至还从偏远地区长途跋涉来到克拉科夫凑热闹。

克拉科夫城内来客络绎不绝，看他们的穿戴就能猜出他们从哪儿来，是做什么的。这里挤满了穿着光鲜的市民，也有披长褂的赤脚农夫；有些套着粗布外套的农妇，肩上裹着花里胡哨的披肩，样子特别滑稽。快看，十二个一身黑色行装的犹太人也不约而同地来到集市闲逛，他们每个人的前额上都露着一缕缕犹太式卷发，很有特色。拥挤的街道上，有些男孩正挨家挨店地搜罗货品，他们肯定是城里的乡绅贵族们差来办事的侍从，光是身上穿的皮衣就比平民和农夫的装束高级得多。妇女们领着孩子到市集上溜达；上了年纪的老人因为腿脚不方便，不得不跟着自己的马车慢悠悠地往集市去。

虽说集市上非常热闹，可那里鱼龙混杂，到处隐藏着鬼祟的小偷。这就难怪那些吃过亏的商人们不愿雇车队赶集了，生怕又遇上赔本买卖。马车商队为了自保，人人佩带武器防身。有些人在腰间的皮带上别着短刀，也有的手持铁头棍，还有人在车底藏了一把大斧头。不过，收市回程的时候才最容易被小偷盯上，因为村民和农夫做了一天的买卖，钱包都胀得鼓鼓的。

在这赶集的日子里，所有四轮马车都载着许多商品，唯独有一家人赶了一辆空马车来，还是少见的双马货车。车上人的穿着打扮也比那些农夫讲究，完全不像是下过田的人，而且他们的车也比其他人的结实。赶车的男人大概四十五岁，他的妻子看起来比他小十岁。他们两夫妻有一个儿子，正倒坐在车尾边，两条腿悬在半空中晃来晃去。

男人一边挥动着马鞭，一边对坐在身旁的妻子说："老婆，瞧见那座高塔了吗？那可是克拉科夫瓦维尔山的瞭望塔呢！要是我们能插上翅膀，像鸟儿一样在天空中飞翔，估计再过八个小时便能到达那里了。那边还有两座宏伟的高塔，是属于圣母圣殿的。说句心里话，看到这些建筑时，就觉得没枉费我赶了大半个月的路来到这里。"

女人听完丈夫的这番话，把遮住脸的灰色兜帽撩到脑后，充满期待地望向远处。"我们快到了，那里就是克拉科夫城，"她说，"我母亲的故乡。以前她经常跟我讲起这座城市的荣耀历史，我从没奢望过能有机会一睹它的风采。我不愿触碰这座城市压抑痛苦的过去，所以我暗暗许下心愿，希望它和母亲所说的略有不同。上帝似乎听见了我的祈祷，指引我们来到这里。"

"说得没错，亲爱的，我们终于到了！"男人回应说。

之后，他们各自陷入回忆中，再没多说一句话。男人想起年轻时来到克拉科夫城的情景，女人则沉浸在失去家园的悲伤之中。至于那个小男孩，他的心里没有装几件烦心事，这会儿脑海里装满了各种奇思妙想，正欣喜地憧憬着在这座城里会有怎样的奇遇，会遇到什么样的人呢！

就在此时，身后突如其来的一阵骚动打断了一家三口的思绪。只见车夫们慌慌张张地勒住正在前行的马儿，把它们赶到路的左边，挪出一条窄窄的通道，让其他人通行。男人好奇地扭过头往回看，想见识下究竟是谁有这般能耐让这么长的车队给他让路。不一会儿，他就看到一个骑着矮种马的骑士火急火燎地冲了过来。

"闪开，通通给我让开！"骑士没好气地狂喊，"你们这帮乡下人还真把这里当成自家门前修的路了吗？都给我滚回去种田吧，别在这里碍事！"一位农夫的马刚刚受惊过度，冲到了大路中央，被这来路不明的骑士一顿叱责。"倒是给我让开啊，出门机灵点，别让牲口在路上横冲直撞的！"

"刚才我差点掉沟里去了……"农夫委屈极了。

混乱之下，骑士瞟到那辆奇怪的马车，心想车上肯定装着卖给制砖坊的新鲜秸秆。为了证实自己的推测，他驾着坐骑冲到了这家人面前。这个叫约瑟夫·查尔奈斯基的男孩好奇地打量着骑士。他才十五岁，样子长得不算俊朗，但也绝对不丑，留着乌黑的头发，圆圆的脸上有一对深邃的黑眼睛，看上去特别招人喜欢。尽管他在路上把自己弄得一身脏，外表看起来还是大方得体。男孩全身上下穿的不是皮衣皮裤，也不是农夫穿的粗麻布衣，而是一种质地上乘的手织布衣和布外套，衣服的下摆长得垂到了膝盖上。他的脚上穿着一双褐色皮靴，鞋头柔软又宽松，靴筒长得都快要遮住膝盖了。这个男孩也爱戴帽子，这会儿头上就顶着一个好像穆斯林风格的圆边帽。

骑士看到了车上的男孩儿，用一种低沉沙哑的声音招呼他说："小伙子，让你父亲把马车停下来，你下车过来给我牵马。"约瑟夫的直觉告诉他这个陌生人可不好惹，于是照他的吩咐跳下马车，跑去牵住马的缰绳。在这样的乱世中，强盗打家劫舍，朋友间尔虞我诈简直是家常便饭。即使是含着金钥匙出生的人也会抓住一切机会乘虚而入，欺压穷苦的乡下人，所以每个人活得都像惊弓之鸟一样，处处防备。不仅如此，生活在社会底层的人相处得也没有想象中那么融洽，他们照样会为了一点点钱争个你死我活。

小小年纪的约瑟夫深知世道炎凉，在答应帮骑士牵马时早把道理想明白了，再加上骑士的言行举止不像个好人，他也暗暗提醒自己一定要提防此人。尽管骑士穿着只有家丁才会穿的厚布衣，但藏在短夹克下的轻装锁子甲还是露了出来。他的马裤不是平民穿的灯笼裤，而是和上衣连在一起的连体皮裤。这人也戴着一顶圆边帽，从帽子上垂下一颗酷似宝石的玻璃珠，在脖子边上摆动着。

约瑟夫又是怎么知道这骑士心术不正的呢？原来是他的长相出卖了他。这个所谓的骑士有一张鹅蛋脸，浓浓的一字眉下面长着一双绿幽幽的小眼睛，滴溜溜地转个不停，一看就满肚子坏水。他的耳朵长得比较靠下，嘴巴大得能塞进一个大南瓜，这么说真的一点也不夸张。骑士的唇边还留着一小撮向下悬垂的胡子，混在稀疏的胡须里，整个人活脱脱像只猴子。此外，他的脸上有一块纽扣大小的伤疤，住在伏尔加河以东和第聂伯河①的人大概都知道这是瘟疫留下的标志，只有鞑靼人、哥萨克人和蒙古人才会有这样的疤痕。约瑟夫再仔细一瞧，发现骑士的腰间配了一把弯刀，往外套底下看，隐约能见到镶着珠宝的刀柄。从款式上讲，像是东方人惯用的匕首。

骑士见约瑟夫牵牢了自己的马，便立刻跳下马，朝约瑟夫家的马车走了过去。约瑟夫的父亲见状，机警地从车座下抽出一把十字柄短剑。

"不准再靠近半步！"男人亮出短剑威吓骑士，"我不认识你，可我敢以信仰发誓，要摸清你的底绝不是什么难事！"

话音刚落，骑士停下了脚步，笑着拍了拍自己腰间的宝剑。大家都以为骑士想挑衅生事，结果他居然非常恭敬地摘下帽子，对男人鞠了个躬，问道："请问您是安德鲁·查尔奈斯基吗？"

"初次见面，这样打招呼太随便了吧，"车夫应声说，"请尊称我为安德鲁·查尔奈斯基阁下。"

骑士很识相地又行了一次礼："我这是把您当自己人啊，鄙人是斯蒂芬·奥斯特洛夫斯基，现为基辅效力，老家在海乌姆②。据我所知，有一个莫斯科人正和立陶宛人谈一桩大买卖。他派我来……"骑士突然又把话咽回了肚子里，让周围的人以为他在执行什么秘密任务。"我在回城途中听闻，有一队鞑靼人从北面潜进了克里米亚③，把许多村落洗劫一空。在他们烧毁的房屋之中，有一幢房子恰好属于一个叫安德鲁·查尔奈斯基的人。请恕我冒昧，应该是安德鲁·查尔奈斯基阁下。有消息说他想带着自己的家眷去投靠在克拉科夫城的亲戚，我跟着这条线索来到这里，沿途顺便打听了你们的

①第聂伯河：源自俄罗斯西部，向南流经白俄罗斯和乌克兰，注入黑海。
②海乌姆：波兰东部卢布林省城市。濒临布格河支流乌赫尔卡河，在乌克兰边界以西24公里。
③克里米亚：欧洲东部、黑海北岸的半岛。

穿着和相貌。今天早上，我碰巧看到一辆双马拉着的乌克兰货车经过，车上正好又坐着你们三人，我就更确信你们几位是查尔奈斯基家的人了。于是，我决定厚着脸皮来跟你们打个招呼。"

安德鲁仔细打量着这个不请自来的骑士，穿着、长相和身材，任何一个细节都不放过。过了一会儿，安德鲁开口说："最好把话讲清楚吧，我不喜欢绕弯子，少给我藏着掖着。"

"您误会我了，"骑士说，"这里说话不方便，咱们进城找个安全的地方再谈吧。我都知道了……"骑士煞有介事地撂下这句话，然后用双手在空中画了一个圈。

安德鲁表面上镇定自若，但心里却开始打起鼓。他半信半疑地看着骑士，寻思着眼前这陌生人心里到底在盘算着什么。安德鲁心想世上哪有这么凑巧的事情，就在他脑子飞速旋转的时候，发现陌生人的胸口上有一个形状奇特的纹身。安德鲁断定这人嘴里没句真话，名字肯定也是冒用别人的。虽然在海乌姆，姓奥斯特洛夫斯基的人多如牛毛，但这名字和他扯不上半点关系，因为他身上丁点儿波兰人的血统都没有。更何况，这个陌生人最后说的几句话略带威胁的口气，就更让人起疑了。

安德鲁一家离开故土整整有十四天了，说不定这个陌生人从边境关卡起就一直尾随着他们；他也可能是某位大人的手下，此行的目的就是赶在他们一家进城前拦下他们。

"我不知道你听说的那些传言和我有什么关系，"安德鲁说，"我这里没有你想要的，而且你应该也不会对我们有什么兴趣。现在我已经掉队了，请你回到自己的马背上吧，我们要赶路了。"安德鲁说的可是大实话，前面的马车已经把他们远远地甩在了身后。被堵在后面的车夫骂骂咧咧的，抱怨他们把进城的路给挡住了。

"不过恰恰相反，"陌生人说道，"你们身上真有我感兴趣的东西呢。

在把你们安全送进城前，我不会任由你们离开。小伙子，把我的马牵过来吧，看来我们要结伴同行了。"

安德鲁被气得满脸通红，对着这人咆哮道："你还真是不把自己当外人，就不怕被雷劈死吗？有事快说，说完赶紧给我滚！"

骑士对安德鲁的话完全不予理睬，依然缠着他们不肯离开。他绕着马车扫视了一圈，突然发现车前座的木板上放着一个黄澄澄的大南瓜。"哟，这个时节还有南瓜呀。草原上的人都是在冬天种南瓜的吗？这南瓜怎么卖？"骑士语带嘲讽地问。

"它是非卖品。"安德鲁一脸冷漠地回答道。

"当真？"

"我说了，这南瓜不卖！"

"那我拿和这南瓜一样重的金子来交换呢？"

"就这一个，不换。"

"事后可别后悔哦。"

"不后悔。"

"既然如此，我只好用抢的了！"骑士拔出自己的佩剑，大步逼近安德鲁一家。

安德鲁当机立断，纵身跃起，敏捷地避开了对方的攻击。紧接着，他一把抓住骑士的右手腕，使劲一拧，对方的剑掉在了地上。安德鲁气疯了，顺势用左手拉起骑士的小腿，用力将骑士甩出了马车。骑士重重地摔在了泥地里，顿时恼羞成怒，朝着安德鲁一家破口大骂。约瑟夫这鬼灵精，趁机把他的马牵到出城的方向，对着马屁股狠狠地踢了一脚。马儿扬起前蹄，向着车队来的方向跑走了。接着，约瑟夫转身一个箭步跳上马车，同时大喊"爸爸，快点上车"。安德鲁飞身扑回马车前座，用力挥了挥皮鞭，驾着马车扬长而去。马车驶出去不久后，安德鲁把骑士丢在车上的剑扔到了路边。这时，留在路中央的骑士望了望自己的马，又扭头看了看疾驰的马车，一时间不知道先顾哪一头才好。

没过多久，安德鲁一家来到了卡齐米日城外。穿过这座由卡齐米日王修建的百年古城，再跨过维斯瓦河，克拉科夫城就近在咫尺了。可是，维斯瓦河大桥长年失修，一家三口只能通过门禁森严的米科莱斯卡城楼，从北边的大桥过河。

第二章　克拉科夫城

　　"我叫安德鲁·查尔奈斯基，是名基督徒，这是我的妻子和儿子。"安德鲁向身穿轻甲、手持长戟的守卫解释道。

　　守卫匆匆瞥了他们一眼，示意同僚放行。在这个年代，想要进城做买卖的外地人都要根据货品的贵重程度上缴几枚铁币作为税收。另一名黑衣士兵搜查了马车，没有发现值钱的东西，就让他们交钱通关了。

　　金色的阳光照耀着克拉科夫城，烘托出百年城池的宏伟气势。这样繁华的大城市，约瑟夫还是头一次见到。他们家的马车行驶在城内的大道上，约瑟夫喜出望外地东张西望，连连感叹这城市的兴旺。

　　安德鲁一家的马车依旧混在商人的车队里。前前后后的马车大都装满了从外地运来的农货。气宇轩昂的骑兵不时地在车队间穿来穿去。他们身穿钢铁铸成的护胸甲，马鞍上还挂着长剑，被阳光照得闪闪发光。就在这人声鼎沸的路上，有一个气度不凡的骑兵推开拥挤的人群走在前面。约瑟夫觉得他一定出自名门望族，搞不好他就是号称"和平之王"的卡齐米日四世呢！约瑟夫想到这里，兴奋得大呼小叫。

　　"爸爸，那人肯定是国王。看他那身亮闪闪的铠甲和镶嵌在马鞍上的宝石，真是无比尊贵啊！还有他的佩剑，像烈火一般耀眼，十有八九是黄金锻造的。"约瑟夫情不自禁地指给父亲看，"看呀，他的鞍褥上还有银线织绣的波兰鹰，立陶宛白衣骑士都不一定有这样的待遇。他是我们的国王吧？"

"让你失望了，儿子，他只不过是皇家城堡里的一个士兵而已。"安德鲁解释道。

不知不觉中，安德鲁一家已经走到了城中心，美轮美奂的建筑让他们应接不暇。宫殿、教堂、高塔、城墙，还有哥特式建筑四处可见。那些哥特式建筑深受意大利文艺复兴的影响，外墙上装饰着造型各异的雕塑。在这里，约瑟夫依稀能看到远处巍峨的瓦维尔山，山上屹立着一座大教堂。如果能登顶罗马式的高塔，克拉科夫城全貌便一览无余。约瑟夫在街道旁看到了圣母圣殿的两座高塔，不过高塔经由一位享有盛誉的建筑大师改造，已经不是原来的样子了。在教堂的墙角位置依然保留着一片白色墓群。

纺织会馆就建在市集的正中央，周围环绕着一圈小木屋。这里是全城的布料交易中心，挤满了来自各地的商人。为了能在开市时抢先谈个好价钱，他们不惜连夜在会馆附近守候，有时一等就是好几宿。

一群远道而来的鞑靼人在纺织会馆外的广场上支起帐篷，售卖制工精细的宝剑、衣服和宝石，这些货物大多是从莫斯科、保加利亚还有希腊等地抢来的战利品。

这时，太阳从东面的瓦维尔山露出半边脸，新的一天又开始啦！城中的鞑靼人按习俗面朝东方赞颂着真主。他们的吟唱声和圣母圣殿的钟声交织在一起，同时还有亚美尼亚商人的叫卖声传来。这些商人来自黑海对岸的特拉比松①，贩卖的是地毯、辣椒和上好的垫毯。

在这东西方世界进行贸易的城邦里，汇聚了不同民族的人：有土耳其人、哥萨克人、鲁塞尼亚人、德国人、佛拉芒人、捷克人和斯洛伐克人等。此时此刻，他们用不同的语言歌颂着各自民族信奉的神灵。

---

①特拉比松：土耳其港口城市名。

这些商人不远万里运来本地没有的异国特产，并以物易物。因为他们来自世界各地，市面上用来交易的货币也千奇百怪：有波兰人用的兹罗提①，还有荷兰盾、奥地利的格罗申，以及硬通货白银、宝石和一些能当钱币用的代币——就是各式各样的商品，比如琥珀、整篮整篮的大枣和成捆的蔬菜，在这里出现的每种代币大多是在汉萨同盟②商队中最为常见的。集市上车水马龙，随时能看到异国商人的身影。这不，那边就有穿着长袍的德国、荷兰的同盟商人。倒也不奇怪，他们怎会错过大赚一笔的好机会呢！这些商人们正操着不同的语言和一个买家讨价还价。

眼前的一切太不可思议了，令年轻的约瑟夫目不暇接。忽然间，一阵悦耳的号声从头顶传来，他抬头仰望圣母圣殿，发现一个挂着金铃铛的小号从教堂高塔的窗口伸了出来。他静静注目着庄严的大教堂，俯耳倾听圣歌，一种莫名的敬畏之情油然而生。

圣母圣殿的两座高塔耸立在热闹的街道上。约瑟夫发现它们的样子并不一样，近处这座似乎比远处那座矮宽。号手就站在远处那座塔上演奏圣歌，他吹响的是一曲名叫《赫纳之歌》的晨曦圣歌，曲调简单却震撼人心。相传在基督教刚刚兴起的时候，传教士们把它从南方带到了波兰。

约瑟夫仔细聆听着每个音符，可不知怎么的，号声突然停下了，这让他感到十分困惑——难道有人抢走了号手的小号不成？

约瑟夫连忙找父亲求证："爸爸，他不打算吹完整首歌吗？"

"儿子，这事说来话长啊。"父亲笑着回答说。

还没等安德鲁把话说完，号声再次从高塔上另一扇窗户传了出来，接着北边、西边和南边的窗户都打开了，圣歌被同一人演奏了四次，而且每次都

①兹罗提：波兰货币单位。
②汉萨同盟（the Hanseatic League）是北欧沿海各商业城市和同业公会为维持自身贸易垄断而结成的经济同盟。

以同样的方式结束。

"这个号手吹得真不怎么样！"安德鲁补了一句。

安德鲁是一位学富五车的乡绅，他在克拉科夫大学主修的课程里就有音乐。毕业之后，他没有选择继续进修，而是按照习俗返乡继承祖业，成了一家之主。尽管如此，他对音乐的热爱丝毫没有减退。不管是吹直管小号、弯管小号，还是按键小号，对他来说都丝毫没有难度，所以他才有底气评价高塔上号手的吹奏技巧。

说着说着，马车来到了纺织会馆附近。约瑟夫也没继续求着父亲讲号音中断的事情，因为各种稀奇新鲜的事物接踵而至，他已经顾不过来了！

约瑟夫看到一群身穿华丽长袍的商人。不用说，他们一定有钱得很，人人穿着用细布织成的行头，有些还加了一圈皮毛做领，或是用高级丝绸点缀，长袍下面配的是一条紧身裤。这还不止，约瑟夫又看到一个人右腿裤子的布料颜色居然和左腿的不一样，样子滑稽得像个小丑，看得他捧腹大笑。当他看到满大街的人穿着类似的服装时，也就习以为常了。不过，约瑟夫还是被商人们的奇装异服深深吸引住了。街上有的人戴着别树一帜的帽子和头巾，各有各的风格。哪怕是系个头巾，也是花样百出。有的人在头顶上缠出一个尖儿，有的系着彩带包成的头巾。这还不算奇特，有些人头上甚至还顶着奇形怪状的饰品——那人的大礼帽上就插着一个精制的假公鸡，鸡腿、鸡冠，每个部位都做得惟妙惟肖。商人们脚上的皮鞋也特别有意思，大部分人穿的是软皮靴，鞋头翘起一个螺旋状的长尖。其中有一个人还在自己的鞋尖上插了一根枝条，让他的鞋子看起来至少有两英尺长。

纺织会馆周围摆起了各式各样的小摊子，商贩们为了推销自己的货品大声地叫卖着。街边有一家店专卖五谷杂粮，麻布口袋里装着不同颜色的粮食。店里有一个身穿蓝色长袍的女摊主，她戴着和长袍极为相称的蓝头巾，正把她家的玉米卖给一个游历四方的音乐家。这个音乐家又是什么样的打扮呢？他穿的是一整块布料裁剪的兜帽袍子，腰间还系了一根明黄色的腰带，长袍一直从头套到腿，一身看起来黄灿灿的。他没有穿裤子和鞋，脚丫子就这么露在外面，胳膊底下夹着一支三管风笛，另一只手提着皮袋子让女摊主往里倒玉米。

安德鲁家的马车继续向前走，经过了一间手套店，这家店里无论是伙计还是买东西的女人都穿着五彩缤纷的袍子。他们路过旁边的裁缝铺时，看到裁缝们正一门心思地缝制衣物。前面的铁匠铺窗明几净，整排整排地摆放着亮闪闪的钢剑。木桶店里的工人们正在用木板拼制木桶。再往前面又遇见好几个铁匠，系着黑色的皮围裙，合力压制马儿，好给它钉上铁马掌。克拉科夫城里到处是以红牌子为标志的理发店，药房门口总放着蓝绿色的大烧瓶。虔诚的天主教徒们把从琴斯托霍瓦①请来的圣母画像挂在自家店铺的墙上。几乎每家店铺都会在大门口挂上与众不同的符号，为的是让客人们一下子认出他们的店。比如有个制帽匠把店标做成了"白象"，鞋铺的门面上放着一尊卡齐米日大帝的石像，表达客人和自己对君王的尊敬。古代人花尽心思设计独具意义的徽章其实是有原因的，因为那时没有门牌号这样好用的东西，他们只能用不同的符号区分各个店铺。

摊贩们卖力招呼着客人，吆喝声不绝于耳。卖花的、卖磨刀的、卖面包的，还有卖肉的伙计们和老板一唱一和地推销着自己的商品。

"瞧一瞧，看一看了啊，你想买点什么？我这儿什么都有啊！"大家用同样的调调叫卖着。

约瑟夫无意间发现居然有人在卖猴子。这些猴子是从东方或南方被运到这里来的。只见一只猴子在围着摊子玩耍，另一只系着缎带的猴子被商人们抱来抱去，然后又送到市长夫人怀里。

热闹的大街上时不时能听到铁链刮在地上发出的哗哗声。约瑟夫定睛一

---

①琴斯托霍瓦：波兰南部城市，位于瓦尔塔河流域，克拉科夫－琴斯托霍瓦高地邻近大城。

看，原来是有一群拴着手铐脚镣，脖上戴着铁项圈的犯人被士兵们带去教堂做祷告。不久后，他们就要上法庭接受审判了。在战火刚刚平息的年代，老百姓命运多舛，有时犯一点小错就会被扔进大牢，或是流放他乡，稍有差池还有身首异处的可能。

一支朝圣的队伍从安德鲁的马车旁经过，往教堂方向走去。这些信徒穿上了自己最好的衣服，跟在教士后面唱着圣歌。队伍里有一位身材健壮、目光明亮的年轻人，他正背着一个大大的十字架缓缓前进。以前他曾发誓要背着基督神像从自己的村子走到琴斯托霍瓦，要知道这可不是件容易的事情，两地相隔数百英里呢。朝圣队伍已经启程快十天了，随队出发的还有不少小孩子，他们有些一副若有所思的样子，也有的禁不住好奇，四下张望，毕竟这是他们第一次来到中世纪最繁华的大都市——克拉科夫。他们的父母正在祈求上帝宽恕孩子们不安于世的态度。

安德鲁家的马车终于走出了集市，驶进格罗兹卡街，又穿过城堡和条条小巷，直奔瓦维尔山而去。在山脚下，安德鲁赶着马车朝右拐，穿过城门，走进一条绿草丛生的小径，最后来到一座布局多变的大宅前。安德鲁把马车停到铁门边，跳下车去喊人，结果一个身披铠甲的守卫用长矛把他拦在了大门外。

"你有什么事？"守卫用防备的口气盘问安德鲁。

"我来见安德鲁·泰克辛基斯基阁下。"

士兵听完，喊了一嗓子，立马从门后的守卫室跳出来五个士兵。

"给我围住他！"第一个士兵一声令下，安德鲁着实被他们的举动吓了一跳，"快去向队长报告，有个乡巴佬要见泰克辛基斯基阁下。"

情急之下，安德鲁试图冲出包围，可又被士兵堵了回去。他提高嗓门冲着士兵一通教训："你们是什么人，竟敢拦我的路？我是安德鲁·查尔奈斯基，是泰克辛基斯基的表亲。在乌克兰，我也是有身份的人。这里管事的是谁？把他给我叫来。怎么能把我当敌人对待呢？太放肆了！"

卫兵们面面相觑，心想："这事在波兰闹得满城风雨，难道他还不知道吗？"没过多久，队长闻讯跑了过来，手下们立即让开条道，好让他走到安德鲁面前。

"请问阁下到此有何贵干呢？"队长毕恭毕敬的语气令安德鲁消了气。

"你说话客气多了，年轻人，"安德鲁答道，"你是他们的头儿吗？"

"没错。"

"那我把刚刚那番话再说一遍，我是安德鲁·查尔奈斯基，千里迢迢从乌克兰来到这里，我有要事要见我的表哥泰克辛基斯基。"

"恐怕您来迟了一步，"队长说，"前阵子泰克辛基斯基大人遭遇了不测，已经不在人世了。他的家眷也都离开了这里，至于什么时候回来，我们也不清楚。这件事全波兰都知道了，来的途中您没有听说吗？我和我的手下奉命到这里保护他的财产。"

"我表哥死了？怎么死的？"安德鲁惊愕不已。

"好多年没出过这么惨的事了。本来工人和贵族之间的关系就势同水火，泰克辛基斯基大人对铁匠打造的一些盔甲不太满意，收了货却不付工钱。这不，激怒了行会的人，弄得被满大街追杀，本以为逃进教堂能暂时避一避风头，结果还是把命给搭进去了，死得太惨啦。血案发生以后，他的家眷怕受牵连，一个一个都逃出城了。因为这事情闹得挺大，连伊丽莎白女王都知道了。她劝我们国王调解城民和贵族之间的关系，以免再发生类似的惨案，而且这年头想趁火打劫的人太多了，所以国王差遣我们来这里保护这幢大宅子，并下令扣押所有企图潜进庄园的人。查尔奈斯基阁下，请原谅我们必须奉命行事，我们也是为了您好。"

安德鲁此时简直不敢相信自己的耳朵，仿佛天已经塌下来了一样。

"请允许我给您提个建议。"队长说。

"请讲吧。"安德鲁无奈地答道。

"既然您是泰克辛基斯基大人的表亲，劝您最好尽快离开这里。如果不打算出城，那么就必须隐姓埋名，掩饰自己的身份，否则仇家很快会找上门的。依我之见，为了您一家人的安全，还是马上离开吧。"

"可我无处可去啊……强盗把我在乌克兰的家抢得精光，还一把火烧了房子。现在田也没了，房子毁了，那里只剩下一片废墟。到现在为止，我甚至不知道是谁干的，也许是哪位有权有势的人指使的吧。我来这里是想投奔我的表哥，让他引荐我面见国王，我有件非常机密的事情要禀报。"

"国王正在北方的托伦市①平乱，那里有人计划反抗十字军的征兵令。不知道他什么时候才回得来，也许一个月，也可能是一年。我只能帮您这么多了，反正您自己看着办吧。要是您执意留下等他，我建议您先找个小镇安顿下来，不要太招摇。那些杀死泰克辛基斯基大人的暴徒早晚会被送上绞刑台的，到时您和您的家人就安全了。"队长说完，召集手下回去站岗了。

安德鲁呆呆地站在原地，六神无主。他的朋友走了，亲人惨遭不测，国王也不在城里，现在的处境比留在乌克兰还要危险。安德鲁究竟做了什么，要受到这样的惩罚？他既要找地方给妻儿安身，又要对付居心叵测的追杀者。可是在这个偌大的城市里，竟然没人能拉他一把。想到身上的盘缠又快花光了，安德鲁一时间乱了方寸。事到如今，只能见机行事了。

安德鲁灰心丧气地走回马车，掉转车头向集市走去。在那里，他们至少可以找到喂马的清水，买些干粮充饥。他在集市附近的水井边找到了一块空地驻扎下来。懂事的约瑟夫帮着他一起给马卸下车辕，然后放马儿去吃点草。安德鲁还从水井里打来了泉水给马喝。

安排好一切后，他坐到妻子身边寻求慰藉。过去，他总能在妻子那里找到安慰。安德鲁把刚刚发生的事全部讲了一遍：国王出城了，表哥死了……妻子听了丈夫的话，沮丧极了，不过看着丈夫的脸庞，她马上又振作了起来。

---

①托伦市：波兰北部城市。

安德鲁的太太温柔地说："我相信好运总会降临在我们头上的，上帝会帮助我们。"听完这句话，安德鲁又重新找回了勇气。

约瑟夫正处在无忧无虑的年纪。清晨远处的高塔在云层中若隐若现，勾起了他无尽的好奇心。他不由自主地跳下马车想去探索这座神奇的城市。他选了一栋小建筑，这样可以先来一次短途冒险啦！乍一看，那房子像是间店铺，走近后他才发现是一间有低圆顶、圆窗户的教堂。这座教堂是波兰最古老的教堂之一，对历史故事感兴趣的人肯定会爱上这里，但对约瑟夫这个年纪的男孩来说，并没有那么大的吸引力。

此时，约瑟夫正全神贯注地打量着教堂门口的乞丐。这群乞丐里，有一个独腿男孩、一个驼背的妇女和一个瞎老头儿，他们伸出手祈求施舍，可约瑟夫真的无能为力。他只好默默地在胸前画了个十字，为这些可怜人祈祷。接着，转身朝位于瓦维尔山方向的格罗兹卡街跑去了。

他来到一个交叉口，左手边是道明会教堂，右手边是诸圣堂。恰好在这个时候，他看见街上有一个鞑靼男孩正抡起哥萨克皮鞭子狠命抽打一条乌克兰狼狗。那条狗被绳索拴住，脖子上戴着手工制作的项圈，不停地回头看鞭打它的男孩。约瑟夫吃惊地盯着鞑靼男孩，他想不明白为什么男孩要打这条狗，简直是坏到骨子里了。约瑟夫心里冒出一连串的疑问，他决定用实际行动找出真相。

正当约瑟夫浮想联翩的时候，鞑靼男孩拉着狗横穿过了教堂小巷。这时，远处人行道里走出来一位穿黑袍的人，感觉像是教堂里的教士，不过再看一眼他的衣领，又和普通教士的打扮有些区别。约瑟夫一开始并没有太过留意此人，他的目光反而投向了教士领着的小女孩。从打扮和外貌上看，这个女孩和约瑟夫年纪相仿。

约瑟夫目不转睛地盯着如同天使下凡的小女孩，根本来不及关注那个被鞑靼男孩狠抽的狼狗。与其说这个小女孩像是圣诞节、三王节上才会出现的小精灵，还不如说她更像是从教堂彩色玻璃窗上走下来的金发美人。小姑娘的皮肤白皙如雪，眼眸犹如维斯瓦河上的湛蓝天空。她穿着一件齐脚长的红色斗篷，腰部用带子束紧，领口和袖口缝上了蕾丝边，装饰着蓝色的精美刺绣。虽然大斗篷把小女孩裹得很严实，但还是能看到斗篷底下的蓝色套裙。女孩慢慢地仰起了头，约瑟夫看清了她的脸蛋，他从来没见过如此迷人的女孩子。女孩像在云中漫步般，轻盈地走了过来，看起来是那么优雅。约瑟夫低头看了看自己的双手，又看看自己的衣服，发现连日的风餐露宿，把自己弄得蓬头垢面、邋里邋遢的，顿时觉得特别难为情。

刚刚见到小女孩的那一眼，约瑟夫已经飞入了天堂，可仅仅一秒钟过后，他又被迅速拉回到了现实。黑袍男人牵着小女孩快走到鞑靼男孩和那条狼狗面前时，那条狼狗忽然对着鞑靼男孩狂吠，还没等男孩反应过来，狼狗就像发了疯似的扑了过去。约瑟夫大喊一声，飞身扑上去，想去拉住狼狗，而那个惊慌失措的鞑靼男孩扔下手里的皮鞭，像脚底抹油般一溜烟逃走了。可是，鞑靼男孩逃跑的方向正是教士和小女孩走来的位置。发狂的狼狗紧追鞑靼男孩不放，转瞬间离小女孩只有几步之遥了。约瑟夫机敏地猛冲过去，拉住了狼狗的项圈。

在乌克兰的时候，约瑟夫经常和狗一起玩耍，所以十分了解它们的习性。他知道健康的狗儿不会随便攻击善待它的人，没必要怕它们。事实上，他也顾不得这条狼狗会不会把他错当成虐打它的鞑靼男孩，狠狠地咬他一口。

约瑟夫用手死死抓住狼狗的项圈，又用自己的身体撞下一跃而起的狗，这出乎意料的撞击，让人和狗同时摔倒在了地上，吓得小女孩尖叫着后退了一步。约瑟夫用力压制住疯了一般的狼狗，抱着它在地上扭作一团。他尽全力安抚那条狼狗，还说了好多安慰它的话，可受惊过度的狼狗始终无法平静下来。约瑟夫意识到是自己把项圈拉得太紧，让狗感到害怕。于是，他看准时机松开项圈，一个翻身爬了起来。可怜巴巴的狼狗发现自己自由了，飞快地逃向方济堂那边。

第三章　炼金术士

虐狗事件总算告一段落，约瑟夫也放松了下来。这时，从他的身后伸出一只亲切的手，落在了他的肩膀上，他的脸颊上也被落下了轻轻一吻。

约瑟夫一下子反应过来拍他肩膀和亲吻他的人就是那一男一女，他迅速扫了一眼自己的衣着，皱巴巴的，简直没法见人。小女孩羞红了脸，嘴唇还没有从他的脸颊上挪开，一双水汪汪的眼睛闪闪发光。约瑟夫整个人被那一吻迷得晕晕乎乎的，感觉自己摆脱了那场乱斗，再次飞上了天堂。

他后退一步，除去一身的尘土，彬彬有礼地看着面前的男人和小女孩。当他们四目相接时，约瑟夫还是觉得有些尴尬。可约瑟夫留意到黑袍男人眼中流露出感激之情，而女孩则向他投去倾慕的目光。

"你的身手真是敏捷，"小女孩对他赞不绝口，"你好勇敢，要是我能像你一样就好了！"

约瑟夫紧张得舌头都打结了。毕竟他才十五岁，即使是阅历丰富的成年人，面对如此坦率的赞扬，也未必能应对自如。

黑袍男人没等约瑟夫开口，先说话了："小伙子，真不了起啊！我从没见过像你这样身手不凡的孩子。"说完，他微笑着对约瑟夫眨了眨眼睛，然后说："真希望大家都能见识一下你的本领。"

"这不算什么啦，"约瑟夫结结巴巴地说，"以前在乌克兰，我经常和狗打架。"之后，他又觉得牛皮吹大了，又补充说："对我这种年纪的乡下男孩来说，这是家常便饭罢了。"

"你是乌克兰人啊？"黑袍男人饶有兴趣地追问他，"怎么跑到这里来了？"

"我家房子被一帮暴徒给烧了，到现在还不知道行凶的是鞑靼人，还是哥萨克人。爸爸说我们有亲戚住在克拉科夫城。于是，他带着我们一家人来找他。赶了两个星期的马车，好不容易来到这里，却发现我们要投奔的亲人已经死了。他是一家之主，出事后他的家人又都不见了。现在我们正发愁该怎么办才好。"

"那你的家人呢？"

"他们在集市呢。"

"这样啊……这家人都走投无路了，还去集市干什么。他们有什么打算呢？"黑袍男人自己默默地念叨着。

约瑟夫无奈地摇摇头，说道："爸爸正在想办法找地方安家呢……"约瑟夫看着小女孩善意的眼神欲言又止，因为他想起爸爸再三叮嘱过他，不要随便和陌生人谈起家里的事情。

"不太对劲啊。这孩子挺机灵的，而且谈吐文雅，隐隐透着一股贵气。他勇斗恶狗的行为已经证明了这一点。"黑袍男人推测。

他俯身对约瑟夫说："感谢你帮助我们驱走疯狗，救了我侄女一命。如果你愿意的话，我想邀请你到我家做客，我和我侄女都想听听你的故事呢！"

约瑟夫满脸通红地说："谢谢你的好意，我不要什么回报，我做的……"

话还没说完，小女孩就拉着约瑟夫解释说："你误会我叔叔了。他的意思是，我家一贫如洗，要是你不介意，可以先去我家休息一会儿，然后再去和你的家人会合。"

"请原谅我，我会错意了。"约瑟夫马上表示歉意。

看见两个孩子故作老成的样子，黑袍男人哈哈大笑起来。这两个孩子是怎么了？想想也是，在一些省份，十四五岁的女孩子已经可以结婚生子了，而这个年纪的男孩也都历尽了人生百态。

"我接受你们的邀请。"约瑟夫说，还按家里的规矩吻了黑袍男人的袖口一下。

随后，黑袍男人领着他的侄女和约瑟夫向左转，走过方济堂，再拐进右边的短巷，走了几步又向左转，来到了当时最繁华的大街——鸽子大街。在这条全欧洲闻名的大街上，住着各种奇人异士，有上知天文下知地理的学者，有占星师、魔法师、学生、医生、教堂神职人员，以及通晓七大艺术[①]的大师。鸽子大街向北延伸，通向克拉科夫城北面的城墙，那里一度是肮脏不堪的犹太村，住满了从世界各地逃亡到此的犹太难民，那儿的人一穷二白，生活朝不保夕。好在犹太人已经搬离了这个龌龊的生活区，到河对面的卡齐米日城生活了。犹太村一带的木头房屋年久失修，旧得几乎无法再住人了。旧屋的外墙糊着糙水泥或是灰浆，用朽木搭起来的楼层摇摇欲坠，屋顶全是用木板钉起来的，见不到半块瓦片。屋外的楼梯从临街的一面，或是从内庭连通第三层和第四层楼。不过，无论房屋有多么残破，仍然有无处可去的穷苦人留宿在这里。

犹太村恐怕是全城最乱的地方了。这一带的地下室、阁楼和其他污秽的暗室通通是盗贼和杀人犯的藏身之地。在1407年的时候，一场大火把鸽子大街和圣安街烧成了一片废墟，不少贼窝也在火海中化为灰烬。然而，这世界上并没有一劳永逸的好事，这里仍然仍然有不法之徒出没。

大街的另一头是克拉科夫大学的所在地，那里更像是体面人的生活区，住着学生和大学老师。雅格龙斯卡大街与鸽子大街交会的拐角处，是学生宿

---

① 七大艺术：文法、修辞、逻辑、算术、几何、音乐、天文。

舍和大学财务室。这片地区住着学生和他们的家人。但从 1490 年开始，学校要求学生必须住校。

克拉科夫大学是当时最富有声望的高等学府，吸引了无数才子和民间高手，比如算命先生、占星师、魔法师、看相师、江湖郎中、巫师，当然也有让人唯恐避之不及的獐头鼠目之辈。总之，想要找到他们，去鸽子大街就对了。神棍们每天在街头巷尾招摇撞骗，占星师们自称精通天相、知人天命。许多信以为真的乡下少女慕名而来，一心想问出自己的姻缘。占星师们将计就计，刻意描述出未来的幸福生活，骗取少女们的信任。要是前来问卜的是商人，神棍们又会装模作样地说商人将要大难临头了，游说商人花钱消灾。为了谋生，他们明抢暗骗，甚至有人扬言自己曾杀过人。久而久之，城民们一聊起这里就谈虎色变。值得欣慰的是，克拉科夫大学始终在宣扬高尚情操和品格，努力消除坑蒙拐骗这些行径带来的负面影响。第一个揭穿巫师和妖术的人就是尼古拉·哥白尼[①]，他在望远镜还没有发明出来的年代，用简陋的工具，首次向世人展示了天体运行规律和法则，希望市民们能明白他们的命运与星相无关。

鸽子大街上来来往往的行人穿着和黑衣男人类似的长袍，但款式各不相同。保守的牧师衣领扣得严严实实，其他人领子微微松垂。他们之中，也有人穿着带有大袖口的服饰，款式有点像主教穿的长袍。服装颜色五彩缤纷，蓝色的、红色的，还有绿色的袍子。约瑟夫发现有个人穿的是貂皮长袍，腰上系着一根金链子，链子的尾端挂着一个紫水晶做的十字架。

他们经过一间木石结构的房子时，一群身穿黑袍的年轻人正围在门前为星体移动规律争论不休。其中一个人认为星空向西移动了一百年，而另一个反驳说星体的移动方向是亘古不变的。

---

①尼古拉·哥白尼：波兰天文学家。

约瑟夫三人穿过人群，来到一栋用石头砌成的寓所前。这所房子的设计考虑得很周到，大门口往后缩，两侧的门柱往街道方向外突，这样住户在夜晚出门前可以先查探屋外的情况，出行自然更加安全了。楼上的窗户上不仅装了木制百叶窗，还安装了防盗铁栏杆。每扇窗子可以像大门一样开关。黑袍男人走上阶梯，从长袍的衬子里掏出一把黄铜钥匙插入锁孔，用力一扭，打开了房门。

黑袍男人在前面引路，带着约瑟夫和他的侄女跨过窄小的门槛，走过黑漆漆的走廊，来到一个露天庭院。约瑟夫看到，在院子的尽头建有一座壁面平滑、没有门窗的修道院。修道院的右侧是一个只有一层楼的平房，左边修了一栋东倒西歪的木楼，足足有四层楼高。木楼外的楼梯也是用木头造的，木匠有意加了一根木制支柱稳稳地支持着楼梯，一直接通到楼上的二、三层。中庭有一口老井，井口的辘轳上缠着一根长长的麻绳，上面绑着一个大木桶。

约瑟夫走上阶梯时，听见嘎吱嘎吱的挤压声，脚下晃悠悠的，让他觉得楼梯随时有散架的可能。往上爬了没几步，约瑟夫就感到一阵眩晕，赶紧扶住墙壁。黑袍男人见约瑟夫略感不适，微微笑了笑，向他保证楼梯不会散架，希望能打消约瑟夫的顾虑。就在约瑟夫一步一步挪到第二层楼时，黑袍男人又拿出另一把钥匙，这一把要比开大门的钥匙小一点。

等到爬到第三层，约瑟夫才发现原来头顶上还有一层楼，不过楼梯只修到了第三层，想再往上走却上不去。"上面那一层应该是仓库或是阁楼吧。"约瑟夫嘀咕着。如果想去第四层，必须顺着一根斜搭在墙上的单排扶手木梁爬上去。第四层的小门离楼梯口只有短短几步路，门是由金属锻造而成的，这让约瑟夫大为吃惊。从门的外形和大小上看，这个出口原来应该是扇窗户，后来被人改成了小门。房子的主人为了让阳光照进房间，在门的右边开了一个方形小窗。很快，约瑟夫终于来到了黑袍男人的住所，只好暂时收起对四楼密室的好奇心。

进到房间里，约瑟夫闻到一股浑浊的空气。他借着昏暗的光线环顾四周，发现小屋里的陈设十分考究。墙上的挂毯、大橡木椅子、笨重的桌子，还有几个大木箱，满满当当地塞进了这间小屋子。墙边的餐具柜上整整齐齐地放着亮闪闪的银器。每件摆设都展现出主人独具一格的品位。

女孩先拉开了百叶窗，让阳光从玻璃窗格中透进来，然后又端来食物招待约瑟夫。几块面包配上两杯红酒，三个人就这么坐在桌边吃起来。约瑟夫太饿了，如虎扑食般抓起面包就啃。

"不如和我们说说你的经历吧。"黑袍男人提议。

约瑟夫言简意赅地把自己一家在城里的遭遇说了一遍，提到他们正愁没地方住。

黑袍男人聚精会神地从头听到尾，最后轻轻敲了下桌子。"我听明白了，你先吃些糕点，我必须离开片刻，很快就回来。"说完，男人起身走出房间，急匆匆地下楼去了。

小女孩把椅子推到约瑟夫身边，抬头望着他的眼睛。

"你叫什么名字呢？"她问。

"我是约瑟夫·查尔奈斯基。"

"约瑟夫，我喜欢这个名字。我叫埃尔兹别塔。"女孩答道。

"我父亲是安德鲁·查尔奈斯基。我家在乌克兰，人们称乌克兰是黑土之国。"约瑟夫继续往下讲，"我住的地方很偏僻，离我家最近的邻居也相隔六十英里呢。当地人聊起鞑靼人和哥萨克人就心有余悸，可我家一向善待他们，所以一点也不怕他们会伤害我们。怪就怪在不久之前，一个曾在我家打工的鞑靼仆人突然跑来我家通风报信，说有人想对我们不利。我爸对仆人的话半信半疑，笑着把他带到一边低声了解情况。听完整个消息时我爸爸脸上露出了一丝恐惧，不过最后还是没把它当回事，我们一家人照样在老宅子里生活。久而久之，我和我母亲也淡忘了这件事。"

约瑟夫稍微停了停，又继续往下讲："直到一个晚上，那天夜里大家都还没有睡下。母亲正在缝着衣服，余光瞄到一个男人躲在院子角落里的茅草屋顶窥视着我们。她以前从来没见过那人，他不是我们的家丁，更不是邻居！那人是一个强盗，吓得母亲尖叫起来，惊动了我们所有人。"

"后来怎么样了？"一双蓝宝石似的眼眸入神地盯着约瑟夫。

"那晚我已经睡下了，父亲神色慌张地闯进我的卧室，要我快点穿上衣服，然后带着我和母亲从后面的小门逃跑了。那扇小门一直是钉死的，我打小就没见它被打开过。想不到，原来这门背后藏着一条和洞穴一样幽暗的地道。地道又长又窄，我们不得不匍匐前进，反正在里面爬了很久才回到地面上。地道出口正好在另一栋宅院里。父亲早在那里备了一辆套着两匹良驹的马车，我这才知道父亲已暗中计划好逃跑的事，之前一点也没有表露出来，掩饰得太好了。我想他一定是得知了什么内情才做好了一切安排。"

"现在你弄清整件事的来龙去脉了吗？"

"还没呢！更神奇的事情还在后面。当时车上已经堆满了食物，父亲催我和母亲快上车。同时，他拿上一个耙子在小屋的角落里挖了挖，从盖满树叶的地上翻出来一堆蔬菜。我以为这些蔬菜是要搬上车的，结果他只带了一样东西上车。"

"他拿的什么？"

"一个南瓜。"

"南瓜？为什么啊？"

"我也想知道啊。逃命的路上，车上能吃的东西都吃光了，死撑了十几天，饿得头发晕，可父亲就是不让动那个南瓜。幸亏那时我们快到克拉科夫城了，否则非得活活饿死在路上呢。这还不止，今天早上还遇到桩怪事。有一个从乌克兰跟踪我们到此的男人突然杀出来，硬生生把我们拦了下来，说要用相等重量的黄金买我们的南瓜，被我父亲拒绝了。"

"那你知道那个强盗是谁了吗？"

"一点头绪也没有啊。不过后来得知的事情证明爸爸带我们全家逃跑真是明智之举。我们逃离几天后，在一个小村子里落脚。碰巧在那里遇见了一个骑马赶路的同乡人。他告诉我们说，在我们离开第二天，他路过了我家，看见房子已经被一场大火烧得精光。我家的田地也遭了殃，好端端的庄稼被砍的砍，烧的烧，而且被挖得到处是洞，似乎强盗们在找什么东西。"

"现在南瓜由你父亲保管着？"

"他一直收着呢——我不明白他为什么不愿意拿南瓜换黄金，这南瓜有这么重要吗？不过我想他一定不希望我到处宣扬这件事。你会帮我保守秘密的，对吗？我俩交换秘密，现在换你讲了。你的那个叔叔，是你父亲的兄弟吗？"

"是的。在我小的时候，镇子里爆发了瘟疫，我的父母都病死了。我叔叔在克拉科夫大学专攻学术，他是那里最有学问的人。"小女孩骄傲地说，"我叔叔叫尼古拉斯·克鲁兹，在学校也是小有名气的炼金术士。他是一位虔诚的基督教徒，但不像你想的那样，他可不是位神职人员。我叔叔每天都在潜心研究炼金术，希望能发现其中的奥妙。"

约瑟夫和小女孩正聊得开心的时候，这位学院派炼金术士突然出现在了门口，笑脸盈盈地看着他们。

"我刚刚出去看了一下，院子里还有间空房。"炼金术士一边说着，一边坐回桌旁，"如果你父亲不介意，可以先租下这里，暂时先住着。租金不贵，就是条件有些简陋，不过有个栖身之所比什么都强。我听说现在马匹的价格不错，要是手头紧，可以先把马卖了，换点钱用。等你父亲找到合适的工作，再作打算，你觉得怎么样？除非……"炼金术士接着说道，"要是他嫌这里太破旧，我也不会勉强你们住进来。我只是给你们支个招儿而已。"

"他不会嫌弃这里的，"约瑟夫急切地解释说，"从乌克兰到克拉科夫可不轻松，母亲已经精疲力竭了。为了她，父亲也得先考虑安顿下来。我现在就要把这好消息告诉他。你可要跟我保证，不准反悔啊。"

埃尔兹别塔从椅子上跳了起来，说道："我叔叔从来是一言九鼎，你真不用顾虑太多。"这时炼金术士伸出长长的胳膊把她搂进怀里。埃尔兹别塔依靠在叔叔怀里，笑眯眯地看着约瑟夫，就像被裹进了一只黑乌鸦的翅膀之中。

"快去通知你的父母吧，"埃尔兹别塔提醒约瑟夫道，"把他们接过来一起住吧。说实话，我从来不知道有妈妈在身边是什么样的感觉，希望你母亲会喜欢我。"

"她肯定会喜欢你的，"约瑟夫喊着，"克鲁兹阁下，麻烦你帮我开开门，我马上出发去找我父母。"

"记得告诉他们，你们住的房子就在我家楼下，有一大一小两间房，我想够你们住的……"炼金术士冲着跑出去的约瑟夫说。

约瑟夫觉得自己是天底下最幸运的人。他奋力跑向集市，似乎鸽子大街对他来说已经不再陌生，所以不一会儿就回到了通往纺织会馆的那条街上。

他没有停下来，而是继续加快步伐，穿过市政厅，径直向布料市场方向奔去，很快来到父亲遛马的小教堂附近。就在那时，眼前的一幕让约瑟夫惊呆了。早上那个被他们甩在泥地里的陌生人带了一群地痞流氓来叫嚣，他的父母被逼到了马车上，不敢乱动。约瑟夫的心扑通扑通地狂跳着，他犹豫了片刻，立即像脱弦之箭一般向自己的父母跑去。

陌生人手里提着一根大棍子，站在最前面。很明显，他就是那群无赖的头子。这些人一直对着安德鲁夫妇破口大骂，手里还拿着棍棒和石块，随时可能动手伤人。安德鲁勇敢地挡在了妻子身前，以防她被坚硬的石块打中。激烈的冲突场面终于引来无数人围观。此时已经快到中午了，摆早市的商人们差不多都收了摊子，市民和农夫们也正坐在广场的树荫下吃饭休息。

约瑟夫挤过人群，跳上马车，站在他父亲的身边。

"哟呵，你这小鬼也来了。"那个自称姓奥斯特洛夫斯基的人喊了一嗓子，"他和他父母一样，也是个巫师。就在今天早上，他对着我的马呵了口气，我的马就飞上天了。"

就在陌生人污蔑安德鲁一家的时候，不知道从哪里飞过来一块石头，差点砸中了安德鲁。

"术士！巫师！老巫婆！"流氓们大声叫嚣。

"这个男人十恶不赦！"奥斯特洛夫斯基喊着，"他对我哥哥下了咒，把我哥哥的头砍下来，变成了这个南瓜。要是他还有一点人性，就该把南瓜还给我，让我按基督教仪式埋葬我哥的头颅。哦，不行！不能就这么放过他！他还要接受我的挑战！他是个巫师，没错，让教堂和法院处决他，让他受众人唾弃。杀了他！大家一起上！帮我抢回那个南瓜，那是我哥哥的头颅！"

在现代人眼中，这些话是荒谬无理的，可生活在十五世纪的人们却不这么认为。那是欧洲最黑暗的时代，当时大多数平民不懂科学，思想落后，才让那些心怀不轨的人有机会迷惑人心。他们相信有的人拥有超能力，能把人变成动物，可以对人施下恶毒的魔咒，或是用魔力对食物下毒，甚至能让牛奶变酸。所以，要是某人被冠上巫师之名，那么不管这个人以前多么和蔼善良，哪怕是无辜蒙冤的，都会被这些无知的人们处以极刑。

而现在，这个陌生人正在利用这个方法来报复安德鲁一家。当然，这件事不止寻仇那么简单，他还想趁机把那梦寐以求的南瓜弄到手。他在城里集结了好多愚昧的民众和恶棍，来到这里"讨伐"这对"巫术"夫妇。

"还我南瓜——那是我哥哥的头颅！"陌生人继续蛊惑市民。

安德鲁面无惧色地站在车上，怀里紧抱着南瓜不放，另一只手则握着重剑防御。他脸上露出一丝嘲笑的神情，蔑视着这群居心叵测的无赖，仿佛在暗示那帮乱民：要来抢南瓜，那得先问问我的剑！这架势让那些绕着马车狐假虎威的暴徒们不敢随便靠近半步。不过，有些阴险的家伙偷偷绕到了安德鲁的身后，盘算着用大石块打晕他，这样其他人便能一拥而上，彻底撂倒他。就在这千钧一发之际，有一个人推开围观的市民冲了上去，手一挥，正义凛然地挡在安德鲁和流氓之间。正义使者正当而立之年，中等身材，步履稳健，身穿一套带有尖顶风帽、宽大衣袖的褐色长袍，更显得风度翩翩。他可能是一名教士，又像某个人的大哥，但从他的一言一行来看，倒更像是一位学问渊博的学者。

"住手！通通给我住手！"正义使者以命令的口气大喝一声，"这里发生什么事了？"

"这一家子懂妖术，我们要替天行道，你最好别多管闲事！"陌生人粗声粗气地喊道。

"你少在这里妖言惑众！什么妖术，什么巫师，全是胡扯！"正义使者义正词严地反驳着陌生人的说辞，一面爬上了安德鲁的马车，"这只是你们强取豪夺的借口罢了。这一年来，你们在克拉科夫没少干这样的事！终日恃强凌弱，明眼人一看就知道你们葫芦里卖的什么药！这家人慈眉善目的，哪里像巫师？你们居然诬陷一个手无缚鸡之力的孩子是巫师的后代，简直丧尽天良！我劝你们还是散了吧，否则我就要叫国王卫队来抓人了！"

"他是扬·坎蒂！"暴徒中有一个人忍不住和身边的人交头接耳起来，"我不干了。"说着，扔了手里的棍子开溜。

扬·坎蒂这个名字像有魔法般，让众人主动脱帽致敬。流氓地痞在他面前自惭形秽，羞愧不已，纷纷作鸟兽散，一个也没留下来，就连带头闹事的陌生人也突然不见了踪影。

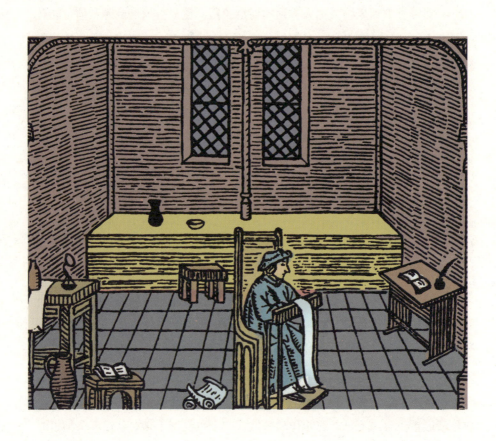

第四章　正义之士扬·坎蒂

　　漫长的历史进程中，十五世纪的克拉科夫城正值鼎盛时期，是一个名人济济的年代。扬·坎蒂此人称得上是赫赫有名的文人。他在克拉科夫大学读书时，最拿手的就是文法，因为当时学校主张传统学派，后来兴起的七大艺术在当时并不是主流学科。尽管如此，他平生广交善友，从别人身上学到了各种技艺。扬·坎蒂不仅热爱读书，还将知识融会贯通，运用到生活当中。他也是个敢说敢言的人。以前，他住在学校宿舍那鸟笼般大小的地下居室里，经常萌生出许多标新立异的观点，在欧洲大教堂委员会面前用独特的见解评论大学院士们的看法，成了那时响当当的智者。

　　扬·坎蒂毕生情操高尚，名声在外，前来拜访他的人络绎不绝，人气旺得堪比克拉科夫大学的图书馆了。农民们时常专程来询问他关于播种时节的问题，或是请他出面调停与地主之间的争端，偶尔也会请教他应该给牲畜喂什么饲料，甚至会提起信仰和道德方面的困惑。在那个年代，学者通常不屑于和农民打交道，很少真心诚意地帮助农民，但扬·坎蒂却愿意伸出援助之手，也难怪农民们把他的建议当成神的旨意一样去遵从。

　　在大家心目中，扬·坎蒂就是正义的化身。他痛恨人与人之间的针锋相对，更憎恶欺凌弱小的无耻行为。不论是欺负一只小马驹儿、小狗还是孩子，他都要上前打抱不平。当他见到像安德鲁这样的纯良人家被上百人围攻时，根本顾不上自己是否会被乱石打伤，毫不犹豫地挺身而出，伸张正义。

"愿你们出入平安。"人群散去后，扬·坎蒂一边用手轻点约瑟夫的头，一边说着祝福的话语，"你们是从外地来的吧，怎么会招惹到这些流氓？"

"是啊，我们是外地人，又无家可归……"安德鲁无可奈何地回答说。

"来自很远的地方吗？"扬·坎蒂继续追问。

"没错，我们从乌克兰来到此地。"

扬·坎蒂略有些不安地耸了耸肩膀，说："恕我冒昧，你们在城里有熟识的朋友吗？"

"我本是来投靠我亲戚的，没想到来了这里才听说他去世的消息。我老家的房子和财物全被鞑靼人烧光抢光了，现在一无所有，已经走投无路了。怎料到了这里，又出现一个追杀我的人，他想夺走我仅剩的一件东西。"安德鲁指了指脚下的南瓜。

"但那个带头的为什么说你们会巫术呢？"

"那不过是他蛊惑群众的鬼把戏！那个无赖在城门口就找过我麻烦，进了城还在兴风作浪，就是想从我手里抢走这个南瓜。我相信他肯定是某个位高权重之人派来的。总之，这件事说来话长啊。请问你是教士吗？"

"大家都这么称呼我，不过我只是上帝的仆人罢了。"

"好吧！教士，请你听我说！我们没做任何歹事，但眼下却麻烦缠身。当务之急是要给我的妻子和儿子找个地方过夜，你能帮帮我吗？"

"既然如此，你们跟我走吧。"教士说，"我真诚邀请你们一家到我的寒舍做客。那么，咱们就先赶马车到那边那条通向圣安街的小巷吧。"

正当安德鲁整理马车准备出发时，约瑟夫拉了拉他的衣袖，用恳求的语气说："爸爸，爸爸！我找到个落脚的地方。"

父亲听到这席话吃惊得不行："你说你找到住的地方了，你怎么找到的？"

"有一个学者和他的侄女住在那里，他们带我去那里做客。后来，学者告诉我他家楼下还有空房出租……"

"今晚先去我那里将就一晚吧，你们也好静下来想想以后怎么办。如果你孩子确实找到了住所，那今晚我们可以放心谈正事了，毕竟像广场这样龙蛇混杂的地方不方便讲正经事。"扬·坎蒂打断孩子的话说。

几分钟过后，马车停在了一大片楼群前面，这里便是克拉科夫大学的所在地了。约瑟夫注意到街上的行人个个都对扬·坎蒂尊敬有加，见到他都要主动脱帽行礼。途中遇上的骑士团甚至拔剑向他致敬。然而，扬·坎蒂本人正一门心思琢磨着安德鲁一家的事，无暇顾及周遭的人，一直到领着他们走进家门口时都没回过神来。

走进扬·坎蒂的家，安德鲁并没有立即询问儿子住所的事情，反而把扬·坎蒂拉到一旁说起了悄悄话。此时，约瑟夫和他母亲在屋外的走廊稍作休息，吃着教士摆在桌上的食物。

约瑟夫一边和母亲吃东西，一边竖着耳朵偷听他们的对话，可惜他只断断续续地听到只言片语。他听到扬·坎蒂问父亲，那个南瓜是不是从乌克兰带来的。约瑟夫心想父亲一定是在点头示意，要不应该能听到他说话的声音。整个谈话过程中，安德鲁仍然没有放松警惕，一直紧抱着那个宝贝南瓜。约瑟夫听不到更多内情后，转而和母亲聊起自己在城里的所见所闻。

母亲放下手里的食物，专心听着儿子讲他的经历，然后问道："这一切就这么发生了吗？真是不可思议。等你爸爸和教士谈完正事，我们马上搬去学者推荐的居所吧。那个小姑娘真可怜，双亲都得了瘟疫病死掉了，扔下她一个人在这世上。我想一定是上帝派我们去照顾她的。"

安德鲁在屋内把整件事一五一十地吐露给扬·坎蒂听。扬·坎蒂不时提出几个问题，安德鲁也如实作答。之后，两人开始热烈讨论起来。

最后，扬·坎蒂揉揉眼，陷入沉思。不一会儿，他开口说："看样子，现在只剩一条路可走了。依你的判断，你的敌人就埋伏在城里，那么你必须躲起来，不能被他们发现。我建议你改名换姓，隐藏身份。既然是出于正义而为之事，这点小手段算不上触犯了教义。如你所说，你们的盘缠也花光了。我觉得你们最好卖掉马和马车，一来可以换点钱傍身，二来少个拖累。瓦维尔山下的平原上有个马市，如果你同意我的建议，我可以托人把马送到那里去。你的马车很棒，我想可以卖出个好价钱。"

"这笔钱顶多应应急，早晚坐吃山空。找份工作维持生计才是上策。"安德鲁说。

"我考虑过了。这里正好有一份工作，不算什么体面的差事，但能解解燃眉之急。"

"只要能养活我的妻子和儿子，再苦的事我都能做。"安德鲁不假思索地回答道。

"很好！太棒了！我还有个问题想请教。以前你是不是打过猎呢？"

"是的，教士何出此言呢？"这个问题让安德鲁满腹疑惑。

"那你肯定吹过号角咯，对吗？"

"这是当然的！我可是我们那里最棒的号手呢！"

"还真是找对人了！不过，我还有件事想告诉你。刚才你同我讲的所有事，只能告诉国王。还有你拼命保护的南瓜也该献给我们的国王，这可能是件瑰宝啊。我不知道这件宝贝在世界上掀起了多大的风波，但我真不希望看到再因它发生惨剧。你是否愿意让我替你保管它呢？"

"我很愿意把南瓜交给你，只是我曾对父亲发过誓，只要我活着一天，南瓜就不能离身。我一定要亲手把南瓜交到波兰国王手中。"

"好吧，我就不强人所难了，愿上帝与你同在！你先在这里休息一晚，顺便听听你儿子的经历，我这就找人卖马去。明早天一亮，我们再从长计议。"

扬·坎蒂把约瑟夫母子从门外请进屋，从约瑟夫母亲口中了解了约瑟夫的经历。

"竟然有这么巧的事？一切像是安排好的。我知道你去的那个地方，而且也听说过克鲁兹的大名。他这人性格古怪，好奇心重。虽然很多人特别怕他，但他绝对是一个淳朴的好人。他住的那条街，以前有很多江湖术士出出入入，所以坊间流传着许多关于他的不实谣言，弄得一般人都不敢去招惹他。其实，这对你们一家来说是件好事。住在他那里，不会被无聊之人骚扰。"

此时此刻，约瑟夫的母亲充满了难以言表的感激之情，她想跪下以表谢意，却被扬·坎蒂拦下了。

"不必如此，我们都是上帝的儿女。"扬·坎蒂说，"说谢谢的应该是我，是你们让我看到了什么是勇敢和善良。"

约瑟夫和他的母亲最后还是做了吻手礼，以答谢教士。安德鲁见到这一幕，感动得湿润了双眼，他迅速转过身去，不让他们见到自己落泪。扬·坎蒂的这份高尚情操是在其他人身上难以发现的高贵品格，也深深温暖着安德鲁的心窝。

扬·坎蒂安排大学的仆人去卖马车和马，约瑟夫一家坐下来休息，等那个仆人回来。就在这个时候，忽然传来一阵敲门声。扬·坎蒂连忙起身打开门，门外站着一个妇女，怀里抱着一个婴儿。这位妇女似乎来自犹太黑村，她的脖子和四肢都受了很重的伤，想必她不是前来乞讨和求教的。

扬·坎蒂见状，轻声问道："你睡在哪里的？"

"睡地板上。我的伤疼得厉害，简直无法忍受了。我一定是被魔鬼缠身了，求您帮我驱走它吧！"

"地板是石头铺的吗？"

"是的。"

"石板地潮湿吗？"

"春天的时候特别潮，现在还好。"

"那石头下面的泥土潮湿吗？"

"也许潮吧。教士，您为什么老追问这个问题？要是水井长期不用的话，井水偶尔会从地下溢出来，又渗进石头缝里。打水时一个不小心，水也会渗出来。"

"嗯，你照我说的去做，就能治好你身上的病痛。回家以后，在水井和你的住处之间修一道矮墙，这样井水就透不过来了。然后再掘出一条水渠，把废水引走。平时要注意多晒晒床单、被子，保持干爽。搭床的大树枝每周都要换一次。养成这个习惯以后，你的病很快会康复的。"

妇女听完扬·坎蒂的指点，吻了吻他的手背，放心地离开了。不久后，又有一位农夫来拜访扬·坎蒂。他家田地里庄稼新长的嫩芽被虫子吃光了，正一筹莫展："教士，求您帮我祈求上帝赶走这些虫子吧！"

"这事还得靠你自己啊。"扬·坎蒂回答，"取些炉灰混在泥土里，把它们撒到田野上，这样就可以杀死害虫啦。如果这个方法不管用，你可以试试一大早起来浇地，把虫子从地里逼出来，然后你再灭掉它们。"

送走焦急的农夫后，扬·坎蒂走到书桌旁，提起挂在橡木笔架上的鹅毛笔，开始在一张长长的羊皮卷上写写画画。这张长卷的末端从桌子的一侧垂下来，几乎垂到了地板上。

疲惫的约瑟夫蜷缩在窗下的长椅上，合上了双眼。这一天真够忙乱的，明天又会遇上什么事呢？约瑟夫脑子里渐渐浮现出神奇的梦境。他模模糊糊看到自己穿上了战士的铠甲，一手拿盾，一手握剑，正和一个身材魁梧、长着浓密眉毛的鞑靼人大战。出人意料的是，这个鞑靼人的头居然是金灿灿的大南瓜！在他们扭打的过程中，那鞑靼人把南瓜头摘了下来，抱着它爬上了一个陡峭的阶梯，走进了一间飘浮在星空中的屋子里。空中的点点繁星闪耀着奇异的光芒，忽然间，鞑靼人不知从哪儿又冒了出来，这次脑袋不再是一颗南瓜，而是狗头。南瓜在鞑靼人的周围上下飘动着，犹如在风中飞扬的一团羽毛……

扬·坎蒂写字的声音越来越小，约瑟夫梦中的景象也越来越模糊。这下子，约瑟夫彻底睡着了。

当他醒来时，太阳已经落山了，昏暗的房间里只点着一支烛灯。约瑟夫借着微弱的光线看见父母和扬·坎蒂正围着桌子上的一件物品忙东忙西。约瑟夫揉了揉惺忪的睡眼，瞪大眼睛一看，原来就是那个神秘得不得了的大南瓜。父亲正拿着一把大刀小心翼翼地削着南瓜的外侧。这个南瓜简直太稀奇啦，它的皮又厚又硬，那把刀像是在刨木板一般在它的表面刮来刮去。约瑟夫充满好奇地看着眼前的一幕，紧张得连口大气都不敢喘。

南瓜皮被父亲一点点削了下来，碎屑散落了一地。约瑟夫见父亲压低嗓子说："估计这东西就是我被追杀的原因所在了。今天那个找我麻烦的人肯定知道南瓜里藏了什么，所以他千方百计地想从我手里抢走它。为了掩人耳目，我特地把东西藏进了南瓜，可他却对我仅有的财产了如指掌，一定是有人向他告密，普通人可不会为了一个南瓜大动干戈。"

扬·坎蒂不由自主地插了一句："转念想想，这个季节看到南瓜也太奇怪了吧。你要知道，在盛夏的时候，想在波兰找到一个如此大的南瓜，可不是件容易的事啊。"

"你说的也有道理，太惹人注目了。"安德鲁回答，"可我也没辙啊。我很早就承担起保护这件宝物的重任。从那时开始，我整日提心吊胆，生怕被人发现。后来我灵机一动，干脆用南瓜当掩护。无论冬夏，我都会存一个南瓜以备不时之需。事实上，要找一个能藏进宝物的南瓜挺难的，之前我试过好多次才成功。"安德鲁说着说着，切开了最后一块瓜皮。

刹那间，整个房间被照得通亮，犹如点起了上千支蜡烛一般——放置南瓜的地方发散出无数道七彩的亮光，照射在墙壁上，无比耀眼，就像是太阳突然从天而降，落到了扬·坎蒂房间里。璀璨的光芒此起彼伏，狭小的屋子如同进入了白昼。安德鲁迅速把南瓜里藏的宝贝放进了扬·坎蒂准备好的口袋里，把口扎紧。约瑟夫大步走到桌旁一探究竟。

"爸爸，爸爸！刚刚那发光的东西是什么？"约瑟夫兴奋地大叫。

安德鲁亲切而坚定地说："约瑟夫，是时候告诉你这个秘密了。我们肩上的担子可不轻啊，儿子。这可能会成为你的负担，带给你意想不到的烦恼。如果你只是一时好奇，我建议你还是不听的好。倘若真想知道事情的前因后果，那我会找个合适的时间明明白白地讲给你听的。可是现在，我实在不忍心让你这么小的孩子背负上如此重大的秘密。"

安德鲁说完后沉默了许久，接着转向另一个话题："我们现在就搬去你找的那个地方吧！你睡着的时候，教士带我去见过了你结识的那两位朋友啦。他们已经帮我们把住处打扫得干干净净。这阵子我们就先在那里暂住吧。你说好吗？"

第五章　鸽子大街

从扬·坎蒂家出来时，天色已晚，圣安街黑得伸手不见五指。扬·坎蒂取来一盏小烛灯，在前方为安德鲁一家引路。阴沉的夜空下，除了那朦胧的星光外，他们只能借着微弱的烛光照亮前方几步路的地方，缓缓摸索着前行。安德鲁右手搂着妻子，跟在扬·坎蒂身后，约瑟夫走在最后面。他们一行人沿着路边狭窄的人行道没走出几步，约瑟夫便感觉到有一个湿漉漉的东西拱着他的右手，可把他吓了一大跳。不过他很快就认出那是一个狗鼻子，这只流浪狗正在向他示好呢！

约瑟夫顺着狗鼻子往下摸，碰到了流浪狗毛茸茸的头，心想："这不是今天袭击埃尔兹别塔的那条恶狗吗？——没错，体型大小差不多。这狗脖子上也套着那种尖刺款式的项圈，今早拉狗时我的手被这玩意儿扎得疼死了。"想到这里，约瑟夫不禁大喊："爸爸！爸爸！你快来看啊！"

安德鲁以为出了什么事，猛地转身喊道："怎么了？"

"这里有只狗，对我很友好。"

"我们现在举目无亲，你想要的话，就把它带上吧，好跟你做个伴儿。"安德鲁笑笑说，然后继续赶路。

上帝创造的所有生物中，狗是好奇心最重的生物之一。有的人甚至认为狗是一种具有辨别力的聪明动物。今早约瑟夫拼命抓它时，那只狗的第一反应是逃为上策，可现在又折回来示好。狗是需要与善人为伴才能活下去的动物，在它发现鞑靼男孩跑得无影无踪时，这才调动了狗与生俱来的分析力，指引自己找到了新朋友——约瑟夫。我们偶尔也能从马的身上看到这种自我保护的本能。狼狗之所以认为那个拉它项圈的男孩对它并无恶意，是因为它从约瑟夫说话的语气中感受到这男孩非常熟悉狗，而且懂得如何善待它。之后，它花了整整一天的时间寻遍全城的大街小巷，到了午夜时分，终于在幽暗的街道上找到了这个男孩！

不一会儿，扬·坎蒂带着安德鲁一家拐进了圣安街边上的一个小巷里——如今叫作雅格龙斯卡街，再往前走了一小段路，就进入了鸽子大街。没料到，才刚刚走了几步路，前方依稀传来一阵争吵声，把前面的扬·坎蒂吓了一跳，他立即停下脚步。安德鲁家三人也跟着停了下来，约瑟夫顺手拉住了狼狗的项圈，观察前方的情况。

"你们待在这里别动，我过去打探一下。"扬·坎蒂叮嘱完他们，拿着灯朝路中央走去。那里有一堆穿着黑袍的学生围成了一团，互相叫嚣着。

"你们在这里干什么呢？聚在这里瞎胡闹什么？"扬·坎蒂对着这群学生吼了声，举高烛灯把那些人的脸挨个儿扫了一遍。

不知是惧怕扬·坎蒂，还是出于对他的尊敬，围观的学生一听到扬·坎蒂的声音马上退开了。安德鲁心想或许这两种可能性都有吧。

"你们两个在这里决斗吗？想干什么？"扬·坎蒂一面走进人群中央，一面厉声训斥挑衅的年轻人。他瞄到扔在地上的学院黑袍，很快意识到他们两人都是克拉科夫大学的学生。两位年轻人此时正敞开外套，怒目而视，双双挽起袖子，右手还紧握着意大利式的决斗宝剑，摆出一副要决一死战的架势。

"你们知道自己做什么吗？清不清楚这样做会有什么样的后果？学校明令禁止在校内校外决斗，学生斗殴会受到严惩，惹事的学生还可能被扔进监狱。"扬·坎蒂毫无畏惧地没收了学生手中的利剑,大声责骂道,"不准用决斗的方式解决纷争!"

这个场面实在太危险了,两名年轻气盛的学生居然用真剑打斗!在当时,学生们决斗时都会在剑尖加上护套,以免失手伤人。有的学生也会用腰刀比画两下子,略抒怒气。不仅如此,在决斗时,双方还要穿上护胸甲,戴上护腕和头盔才能上阵。但扬·坎蒂面前的两个学生任何防护措施都没有,要不是他及时出手喝止,恐怕今晚两个年轻人必定要打得遍体鳞伤才肯作罢。

"你们之间有什么仇恨值得以命相拼?你们叫什么名字?"扬·坎蒂拼命追问。他提起烛灯,凑到年轻人脸旁,终于看清了他们的样子,突然惊呼道:"约翰·特林!我以红衣主教的名义发誓,真没想到会是你啊!我以为你一向醉心于研究坩埚,不会在外面招惹是非。"说完后,他又怒气冲冲地质问另一个学生:"那么,你又是哪一位呢?"

"我是来自马索维亚的康拉德·米莱纳尔基。"学生回答说,同时把剑放回了剑鞘,惭愧地低下头。

"马索维亚人!我很庆幸,你还知道什么是廉耻。这些日子马索维亚人受到莫须有的诋毁和污蔑,你内心愤愤不平,我十分理解。那么现在,请你先回宿舍冷静下,明天再来和我聊聊。至于你们……"扬·坎蒂转身对在一旁幸灾乐祸的围观学生们说,"马上给我回宿舍,我回来的时候若再看到有人在此逗留,明早我就把这人送到校长办公室去。"

被扬·坎蒂一通训斥后,学生们各自回校了,留下另一个学生和扬·坎蒂在街上。没等那学生解释,扬·坎蒂先开口问话:"你啊,约翰·特林,你觉得在公共场合斗殴闹事是件很光荣的事吗?"

"当然不是了。"学生不假思索地回答,而且并没有逃避扬·坎蒂责备的目光。

就在这个时候,安德鲁一家走了过来。在微微的烛光下,约瑟夫瞟了一眼约翰·特林的容貌，不由得大吃一惊——约翰·特林怒容满面，略显狰狞。他的鼻子又细又扁，狡黠的双眼透着自私自利的神情，嘴角还挂着一种自命不凡的笑意。约翰·特林还有着一头黑发，体格挺拔而又健硕，敞开的领口露出白皙的皮肤，和他的发色形成鲜明的对比。在约瑟夫这般年纪的孩子眼中，约翰·特林的表情极不寻常。或许在约瑟夫的成长过程中，经历更多世间的自私与吝啬后，就不会再为这样的人与事感到惊讶了。

"你们为何事打架？"约瑟夫听到扬·坎蒂正色直言。

"三言两语说不清楚啊。"

"长话短说吧。"

"他侮辱了我。"

"他怎么说的？"

"不止一次对我出言不逊，其实主要是他瞧不上我的研究。他问我能不能从铁、黄铜还有皮革里炼出黄金。还说要是我能从真皮里炼出贵重金属，他甘愿跑遍全城去收旧皮鞋。"

"总不会无端生事吧？"

在扬·坎蒂的再三质问下，学生犹豫了一会儿，还是把实话全盘托出："我嘲讽他是不是连北方的青蛙也会说马索维亚语。这话把他激怒了。"

"果然不出我所料。你们为什么总要向马索维亚人挑衅呢？我必须警告你，你也许是名武艺超群的剑客，但马索维亚人拔剑的速度可比你动嘴皮子的速度快多了。"扬·坎蒂郑重其事地告诫这名学生。

"可他的嘴巴也没闲着。"约翰·特林不停为自己辩解。他一开始用波兰语解释，情急之下有些词不达意，又改用德语倾诉委屈。这让约瑟夫十分苦恼，因为他一点德语都不懂。

"我再给你提个醒吧，特林。你还不是这所大学的正式生，所以一定要特别注意自己的德行。既然这次是你先动手的，建议明早你主动去找对方赔礼道歉，亲吻对方的脸颊，恳求他谅解。"扬·坎蒂叮嘱约翰·特林与同学握手言和。

可是，约翰·特林性格偏强，又怎么能听劝呢？约翰·特林出于对扬·坎蒂的尊重，还是点了点头，勉强接受了建议。

"约翰·特林，我对你还有一个忠告。斗殴这种事将让你名誉扫地。我并不了解你学习的专业，可最近我发现你经常和一些不务正业的巫师和占星师为伍，成天浑浑噩噩地过日子，疏远了值得你学习的克鲁兹阁下。现在你难道连真诚和伪善、慷慨和自私都分辨不清了吗？你还住在克鲁兹那里吗？"

"我还住在那儿。"

"那咱们一起走吧，我们正好也要去他那里。给你介绍一下，这两位是安德鲁夫妇。他们住在克鲁兹的楼下。"

约翰·特林透过灯光盯着站在暗处的安德鲁一家，他想看清新邻居的相貌，可惜一个也没见着。

随后，他们结伴前行了几步路就来到了约瑟夫下午来过的房门外，扬·坎蒂上前拉了下悬挂在门外的门铃绳。不一会儿，一个弯腰驼背的老奶奶拿着灯过来开门，她站在门口仔细瞧了瞧来访的客人，就让他们进门了。

"到这里我们就放心了，终于不用再给你添麻烦了！"安德鲁连连道谢。

"这算不上什么麻烦。"扬·坎蒂谦虚地说，"接下来，克鲁兹会帮你们把一切安排妥当，相信你们会在这里过上一段舒心的日子。明天我会差人来和你详谈工作的事情。折腾了一天，今晚大家还是先休息整顿一下吧。愿各位一切顺利！安德鲁——科瓦尔斯基阁下，晚安！"扬·坎蒂心念一闪，决定为安德鲁编一个新名字。

"也愿你出入平安！"安德鲁三人也送上祝福，与扬·坎蒂道别，接着目送这位和善的圣人，一直等他消失在夜幕中才转身走回小院，老婆婆在后面用力关上了大门。就这样，查尔奈斯基一家人在扬·坎蒂的帮助下，神不知鬼不觉地换了姓。

"谢天谢地，我们终于有个窝了。"安德鲁一边说着，一边跟着老婆婆穿过了尖顶走廊，来到后院。特林与他们道了声晚安，走向了右手边自己的住所。打从约瑟夫在街头第一次看到特林的脸时，就对这位年轻人没有好感。约瑟夫觉得微黄的灯光让特林显得面目狰狞，看久了晚上会做噩梦，如果在白天碰到他，也许并没有那么可怕，他其实就是一副普通学生的模样。

老奶奶领着安德鲁一家三口向左边的楼梯走过去，他们顺着约瑟夫早上走过的地方往上爬。在漆黑的夜里，约瑟夫感到脚下破旧的楼梯似乎晃动得更加厉害了，他的父母也不得不扶着栏杆努力跟上老奶奶矫健的步伐。

走到二楼楼梯口，埃尔兹别塔·克鲁兹举着灯在门口迎接安德鲁一家。安德鲁立即从小女孩手中接过烛灯，环顾自己的新住处。屋内有两个大小不一的房间，大的那间屋子方方正正的，正好能划出一部分作为安德鲁夫妇的卧室，居室的另一边则能当作起居室，剩下的那个小房间就是约瑟夫的睡房了。为他们开门的老奶奶花了一宿才把这里收拾出来，又用安德鲁拿给她的钱置办了些日常生活用品，比如小地毯、木制餐具、椅子和床，等等。

安德鲁在向老奶奶介绍自己时，报上了扬·坎蒂给编的新姓——科瓦尔斯基，这个姓氏有"工匠"的含义。炼金术士和他的侄女当然清楚安德鲁三人的真实身份，可为了他们的人身安全着想，二人缄口不言，保证不走漏半点风声。

屋子里终于只剩下安德鲁一家三口了，安德鲁顺手关紧了房门。"亲爱的，我们现在的境况比想象中好上百倍啊。"他把装着宝贝的大袋子甩在了桌子上，整个人如释重负。从扬·坎蒂家出来，他一直紧抱着袋子不撒手。他说道："我们住在这里很安全，厚重的大门前还有一排坚实的石墙。谁要想翻过来肯定会被摔得够呛。更何况这里好像是一间修道士别院，出出入入的全是有信仰的人。炼金术士克鲁兹住在我们楼上，楼下是那位老妇人和她的儿子。这两个人负责看屋子，晚上还要守夜。"

安德鲁继续和妻儿分析生活环境："对面住的是几个学生，比如刚才与我们同行的约翰·特林。那些处心积虑想把我们挖出来的人不会找到这里来，而且我们已经换了姓，足以掩饰我们的身份。我们大可以在这里安心住下，等到国王回来，我们献上宝贝，再另做打算。"

安德鲁正说得意犹未尽时，门外传来了一阵奇怪的声音，听起来像一个彪形大汉猛撞上大门。安德鲁迅速抽出了自己的短剑，他的妻子吓得失声尖叫起来。唯独约瑟夫捧腹大笑："那是我的狗在撞门呢！它又累又饿，现在一定是渴了。楼下有口水井，我去打些水上来喂它，晚上让它睡在屋外的墙角就行。它性子挺野的，明天我得去找条链子把它拴起来，免得它四处乱跑惹事。"约瑟夫说着，从篮子里拿了些肉和面包，牵着狗下楼去吃东西了。此时夜色已深，约瑟夫的母亲担心儿子看不清路，便在楼上举着灯为儿子照明，让他就着灯光喂狗。

他们回到屋子里时，安德鲁已经铺好床，准备睡觉了。那件宝贝一定藏在了某个隐蔽的地方，约瑟夫好奇地扫视了房间的每个角落，没有发现一丝线索。他断定那东西一定放在了床下，或是在枕头下用叠好的衣服盖了起来。

尽管下午在扬·坎蒂家睡了一觉，可约瑟夫还是恹恹欲睡，没精力去胡思乱想。他一头倒在鼓鼓的包裹上，迷迷糊糊地睡着了。

第二天一早醒来，安德鲁夫妇精神奕奕，忙着料理家务，修缮房屋。约瑟夫的母亲负责擦洗屋里的家具，他的父亲在一边加固不太结实的便宜家具，填补墙面上的裂缝，新家顿时焕然一新。热心的安德鲁忙完家里的事，又去房外检修摇摇欲坠的旧楼梯。白天修理的时候，安德鲁发现别院的楼梯虽然东摇西晃，但结构比预想的稳固多了，只要加以维护，还能用上很多年呢，至少近年不会出现楼梯垮塌的事故。解决了上下楼的安全隐患，安德鲁彻底打消了昨晚的顾虑。

这一天，约瑟夫也起了个大早，大口吃完楼下老奶奶送来的早餐后，领着狼狗逛鸽子大街去了。现在，这只不请自来的狼狗也是约瑟夫家中的一分子，所以约瑟夫干脆给它起了名字，叫作沃尔夫。白日下的鸽子大街可不像夜里看到的那般阴森恐怖。深夜里，街道两旁那一扇扇椭圆形小窗户酷似窥视着路人的邪恶之眼。当阳光驱走黑暗后，这些小窗转眼变成快乐精灵那水灵灵的眼睛。不管是晨曦时分，还是日落黄昏，那些渗着阴气的房子都让人毛骨悚然。到了白天一看，也只是造型奇异的建筑罢了。房屋底层的窗户上都装上了铁护栏，家家户户的门上也挂着粗重的锁链，就好像树木绕着硬木而生一样。居民进出时，这些铁链会哗哗作响。有些窗户前晒着住客的衣服，有各种女装，男人穿的齐膝短裤、外套，还有学生穿的黑袍子。眼前的景象让约瑟夫眼花缭乱，他充满好奇地牵着沃尔夫在街上溜达了好久。

约瑟夫从街尾走到了街头的十字路口，那里是通往市集的交汇处。约瑟夫飞快地跑到对面的布拉克卡大街眺望了一眼，然后沿原路匆匆回自己的新家。他上气不接下气地爬上楼，打开门走进屋子，刚想和家人打招呼，就发现屋里有一个陌生人正和父亲谈论着什么。这人慈眉善目，不像是坏人，穿着一身守夜人常穿在盔甲里的皮衣。在他面前的桌子上有一只做工精巧、光泽锃亮的铜号。长长的铜号旁还放了两张羊皮卷手稿。约瑟夫清楚地看到其中一张上写着密密麻麻的字，而另一张则是用红色和黑色墨水精心写下的乐谱。

"这是你刚刚宣誓的手迹，"陌生人指着有文字的羊皮卷说，"另一张是《赫纳之歌》的曲谱。你必须在教堂守夜的时候，每隔一小时吹响这支圣歌。今晚和你换班的号手会把塔楼房间的钥匙交给你，另外会再交待一些值班的事宜。你要知道，吹奏《赫纳之歌》是件神圣的工作。扬·坎蒂教士举荐你这样杰出的人才担当守夜号手，我感到万分高兴。"说完正事后，陌生人轻吻了安德鲁的脸颊，离开了。

这一段话听得约瑟夫目瞪口呆，此时他心想："是爸爸之前提起的《赫纳之歌》！爸爸要去教堂当圣歌号手了！"

安德鲁让儿子坐下吃午餐，一面说："别心急，让我慢慢告诉你整件事。我刚才发的誓是所有圣母圣殿吹号手都许下过的承诺。有空的时候你可以读读那份誓言。关于《赫纳之歌》吹到一半就中断的问题，我保证以后会再找机会讲给你听。而他们派给我的任务是，晚上每隔一小时在高塔上吹奏一次圣歌！"

"你的意思是你已经成为圣歌号手了？"约瑟夫难以置信地向父亲确认。

"没错，我的孩子。这次多亏坎蒂教士帮忙啊。除了吹号外，我还负责守夜。每晚我会在高塔上瞭望克拉科夫城，一旦发现哪里失火，就得立即敲响高塔上的吊钟，发出警报。坎蒂教士之所以介绍我做这份工作，也是因为这工作也能保我们全家安全。从现在起，我就是安德鲁·科瓦尔斯基，是克拉科夫城里的普通老百姓。上个礼拜在任的号手去世了，找来接替他的人吹号很难听，我这才有机会接下他的重任，在夜里演奏圣歌！愿这位号手的灵魂安息！"

"不过那人说你每隔一小时就得吹一次圣歌，晚上还能睡觉吗？"

"恐怕是不行了，"安德鲁回答，"晚上外出工作，和人碰面的机会少，坏人不容易找到我们，这对我们来说有百利而无一害。至于你，我的儿子，教士已经安排你到学校上学，这样你就能继续完成以前学习的课程了。不过，我必须提醒你一点：那些一心想抢宝贝的人绝不会就此善罢甘休。到了学校，你会认识许多新的小伙伴，所以在开学前，我会给你买套新衣服换上，这样走在路上就不怕别有用心的人认出你来。记住，你现在的名字是约瑟夫·科瓦尔斯基。出门在外一定要谨言慎行，不要对任何人提起我们家的事。"

就这样，在教士扬·坎蒂的精心安排下，安德鲁·查尔奈斯基阁下摇身一变，成了号手安德鲁·科瓦尔斯基。约瑟夫也将重新开始校园生活啦！

安德鲁的话音刚落，炼金术士的侄女埃尔兹别塔·克鲁兹急匆匆地从楼下跑了上来，冲进门直接扑进了安德鲁夫人的怀里。"我就知道我们住在这里一定会很开心。这孩子非常需要我们的疼爱。"安德鲁的太太说。埃尔兹别塔回头望着安德鲁先生，投去甜甜的微笑。安德鲁的心被小女孩那天真的神情融化了，眼睛里流露出一丝温柔，拉着小女孩纤细柔嫩的小手，放在他那黝黑的大手掌上吻了吻。

"我叔叔说你要去教堂当号手，对吗？"小女孩好奇地问，"以前我在睡觉的时候，听到尖塔上传来的号声都觉得好可怕，但从现在起我再也不会怕了，因为我知道是约瑟夫的爸爸在吹奏。"

"我突然觉得自己有两个孩子，这真要感谢上天的恩赐啊！"安德鲁一手搂着小女孩一手拉着约瑟夫说。

第六章　高塔上的吹号手

　　克拉科夫城的圣母圣殿是中欧首屈一指的壮观建筑。即使到了工业发达的现代世界，也有无数世界各地的观光客慕名到此参观。

　　如此雄伟的大教堂巍然屹立在这座中世纪最为繁华的城市之中。人们站在远方也能眺望到教堂高高耸起的尖塔。堆砌尖塔的红砖犹如瓦维尔山脚下的岩石一般坚硬。虽然圣母圣殿既没有瓦维尔大教堂的贵气，也没有巨兽、鲜花和圣人石像等哥特式的华丽装饰，更没有精巧的飞拱式建筑结构，不过它仍然以优雅的外形传递着它独具一格的魅力。法国是一个风和日丽的国家，在那里有成群的教堂，这些建筑无时无刻不在明媚的阳光下展示着墙上精致的雕像，与这些精雕细琢的教堂相比，圣母圣殿更像是一座固若金汤的堡垒，要让它抵御从波罗的海呼啸而来的海风，真的不在话下。这座教堂外表朴素无华，却内有乾坤，殿堂之内的特有装饰就像一个藏于石头里的水晶一样精美。

　　夕阳西下，安德鲁和约瑟夫一起从家里出发，前往教堂高塔守夜。这一路上，安德鲁一直用右胳膊夹着铜号。不久后，他们就来到了高塔楼下，守门人看了他们两父子一眼，打开一扇又小又厚重的小门，放他们上高塔了。两人在黑暗中顺着狭窄的楼梯道盘旋而上，最后来到塔顶的平台上，从这里向下望去，还能隐隐约约看到教堂内部的摆设。平台右手边的小门又勾起了约瑟夫的好奇心，他把脸凑到门缝儿边，使劲往里瞅，发现门背后原来是个供死刑犯忏悔的小礼拜堂，那些犯人会在这里度过最后的时光。

就在约瑟夫四处张望时，听到有人在他们头顶大喊了一声，然后下到平台与他们会面。他就是负责值白班的号手，安德鲁就是来和他换班的。这位号手停下手里的工作，亲吻安德鲁的脸颊以示欢迎，接着简短介绍了号手的职责，就把灯和塔楼上号手房间的钥匙交到了安德鲁手上。所有工作交接就绪之后，白班号手预祝安德鲁第一晚值班顺利，然后下楼离去，守门人也为他打开了大门。与此同时，安德鲁父子沿着通往塔顶的梯架向上爬。这个梯子用一个大梁支撑着，架子的边缘与阶梯相连，方便攀爬的人从塔的一面爬到另一面。梯子又陡又窄，但非常坚固，至少走在上面不会发出咯吱咯吱的声响。

他们爬呀爬，一直爬过五层镶有白色水晶球的玻璃窗，终于进入了号手的房间。这是间八边形的小屋子，被人分成了两半。一半供号手休息取暖，另一半是宽敞的空地，号手可以站在周围窗户边眺望全城。房间里除了配有几把备用的小号，连着大钟的粗绳也从房顶上垂下来。屋外还挂着几面红旗和几盏灯笼，专供号手向城民发失火警示信号。

吹号手不仅是圣歌的吹奏者，他们还身负另一项重任：时刻站岗放哨。一方面监视全城火险，一方面严防敌军入城滋事。而百年来，号手充当城邦火警的情况居多。从古至今，克拉科夫城不止一次发生冲天大火。那些老建筑虽说外墙都是石头堆砌而成的，但内部全是木头，屋顶盖着茅草和软木，所以一点就着。号手一旦发现哪里着火了，就会在朝着发生火灾方向的窗口外挂上一面红旗。如果在晚上失火，他则会挂一盏红玻璃灯笼出去。

每当发现城民生活遇到威胁时，号手们也有义务敲响警钟。泰克辛基斯基被暴徒追杀时，值勤的号手就长鸣洪钟警告城民和守卫有命案发生。当然，这是安德鲁一家子抵达克拉科夫城之前的事情了。不仅如此，高塔下方的广场上处决死刑犯时，警钟也会被敲响。这样说起来，这座塔楼的的确确是克拉科夫城的活动中心。

安德鲁用钥匙打开了通往套间的门，两父子先后进了里屋，就插好了门闩。约瑟夫紧跟父亲的脚步走进一间空间不大，但布置舒适的屋子。房间里摆着小桌、床、小火炉和一盏点亮的烛灯。由于屋子实在狭窄，桌边勉勉强强挤下三把椅子，桌子正中央放了一个大沙漏。约瑟夫长这么大还是头一次见到这么大的沙漏呢！这个十二小时制沙漏是号手的计时工具，沙漏玻璃球上烙有一行行的拉丁数字标记，只见玻璃球里的沙子从细小的管道缓缓下落，下面的玻璃球盛装的沙子也快要堆到标有"X"记号的地方了，这个位置表示马上快要走到第十个小时啦。在教堂中殿屋顶的南面有一根日晷，可以标出正午时刻；教堂的北墙上挂了一个有一根时针的大钟。这根金属时针外形是一个紧握的双拳，仅有食指伸出指向时间刻度。

看到沙漏计时马上走到第十个小时了，安德鲁三步并作两步走到高塔的露天平台上，松开一卷绕在中央梁柱上的绳子。绳子穿过地板上的一个小洞，一直垂到与矮塔持平的位置后，再穿透一个圆木做的滑轮，经过小窗口。这个小窗口以前是弓箭手放箭的防御机关，在他们射杀敌人时又能挡住远方的袭击。安德鲁继续放了放绳子，再把绳子与铁锤的一头紧紧系在一起。之后，只要一拉动绳子，铁锤便会下降。只要手一松，又马上弹回原位。安德鲁拉了下绳子，铁锤猛地坠下，"当——"一声悠长而洪亮的钟声顿时响彻整个城市上空。安德鲁再拉，再敲响钟声，一直敲了十下，代表到了十点钟。

钟声还未落音，安德鲁又立马跑向离小房间最近的入口，推开小玻璃窗，对着窗外吹响了《赫纳之歌》。第一曲圣歌向着北面纺织会馆和克拉科夫大学方向，接着又是向城南送上乐曲，然后又面对东面和西面各演奏一次。夜幕下，群星闪烁照亮整座城市，空气也格外清新，弥漫着淡淡的青草香气。克拉科夫大学的学生们伴着号角声吟唱着赞美诗歌。广场上一队铁蹄骑兵经过，铿锵有力的马蹄踏在城堡石子路上哒哒作响。这支神气活现的卫兵团或许是贵族的侍从，也可能是皇家护卫队。守夜人担心粗心的学徒和仆人忘记锁好铺子，正用矛柄挨家挨户戳着商铺大门。站在高塔上望去，纺织会馆的灯夫点燃了屋檐下的大油灯，让整个会馆灯火通明起来。再远一点，有一堆白幽幽的石头特别显眼，那里便是城市最远处的墓园。整个克拉科夫城都沉浸在安德鲁刚刚吹奏完的《赫纳之歌》当中，聆听着洗涤心灵的圣歌。

"这首曲子太美妙了，爸爸。"约瑟夫不禁感叹着。

"确实好听。"安德鲁笑着，对儿子继续讲早上未讲完的故事，"很多年前，这座高塔下围满了来意不善的鞑靼人。一位勇毅的吹号手为了信守自己的誓言，将个人生死抛之脑后，坚持吹响《赫纳之歌》。很可惜，鞑靼人的飞箭射穿了他的胸膛，号手一直撑到咽气才肯撒手。后人在演奏《赫纳之歌》时，都会在这个音符上停止，以此纪念这位勇敢的号手。"

约瑟夫听得热泪盈眶，激动不已。此刻，他比任何时候都更能感受到祖祖辈辈的爱国之情，以及世世代代传承下来的民族精神。想到百年前为国人的信仰而牺牲的号手，约瑟夫的双眼湿润了，他站在小窗边凝望远方，脑海中反复回想着当年吹号手慷慨就义的高尚品质。

安德鲁完成演奏后，领着约瑟夫回到小屋里。他掩上大门，把小号挂回墙上，转身对儿子说："今天我带你来教堂和我一起值班，是为了让你知道吹号手的职责所在。儿子，从刚刚的那个故事里你应该体会到了这背后蕴藏的神圣使命吧。爸爸也已发誓要每隔一小时就吹响圣歌。你父亲我现在腹背受敌，说不定哪天遇袭受伤，也可能因为身体吃不消，久病不起。所以将来要是有一天我不能登上高塔吹奏圣歌，你就得接下这个重任，帮我完成这项使命。"

说完，安德鲁从身上抽出那张记录圣歌的羊皮卷，递给约瑟夫。"你必须用心学会这首曲子，每个音符都要了然于心。"后半夜休息的时候，安德鲁悉心指导儿子学习《赫纳之歌》。他一面哼唱曲调，一面指着曲谱："调子应该是这样的，我刚刚唱的部分是这首圣歌的核心段落，这周你得记熟了它，下个礼拜要能把曲子默写出来。但是，你可千万别为了背乐谱而耽误了学校的功课，抽课余时间练习就好。记住，迅速记住曲子的最好方法是轻声哼唱圣歌的旋律。等你对整首曲子倒背如流时，我再教你怎么吹号吧。吹号其实并不是天大的难事，只要肯下功夫，很快就能掌握技巧。以后我还要教你一些音乐知识和小号演奏技巧，比如单舌发音、双舌发音和三舌发音。这些就像是学术王国中被高捧成国王级别的语法技巧一样。"

约瑟夫将羊皮卷塞进了自己的怀里。

"好了！现在你妈妈一个人在家，一定会感到孤单，你还是尽快回家陪她吧。"安德鲁敦促约瑟夫，"下楼时把烛灯留在塔楼边最矮的墙边，记得吹灭蜡烛哦。"

"才不会呢！我出门时已经拜托埃尔兹别塔陪伴妈妈啦。"

"你真是个体贴的好孩子啊。不过，三更半夜独自回家不安全，你还是赶紧回去比较好。路上尽可能跟着巡逻队的人走。要是他们问起你，就说你是吹号手的儿子，傍晚到教堂找我有事，回家时天色太晚，担心有危险才跟着他们。"

约瑟夫谨记父亲的嘱托下楼回家。离开前约瑟夫熄灭了烛灯，把它放到了脚手架上。之后，摸黑走到高塔的小门口，敲了好久的门，守门人这才慢吞吞地走来开门。一出塔门，约瑟夫便如同疾风般朝家的方向奔去。没过多久，就跑回了鸽子大街。

今晚来给约瑟夫开门的不是之前的那个老奶奶，而是她很少出来见人的儿子，这让约瑟夫大为吃惊。约瑟夫虚着眼终于认清了藏在昏暗光线下的面容，本能地往后退了一步。他一直以为老奶奶的儿子应该是个青年人，或是位少年，可万万没想到此人竟然是一个中年人，而且长得三分人相，七分鬼相，样子怪吓人的。老奶奶的儿子瘦骨嶙峋，手枯如柴，佝偻着身躯，一丝丝长长的散发搭在脸前，遮挡住了双眼。脸颊消瘦得凹了下去，两只眼睛感觉十分畏光，凸得快从深深的眼窝里掉出来的样子。老奶奶的儿子提着灯在前面为约瑟夫引路，他像猫一样故意绕开空地，贴着墙根儿走。看得出来，这人的戒备心特别重。

把约瑟夫送到楼梯口时，中年人停下了脚步。约瑟夫正准备绕过他上楼，却被中年人出手拦了下来。他伸手拍了拍约瑟夫的肩膀，长长的指甲划过约瑟夫的外套，发出"嗞嗞嗞"的声音。这声音让约瑟夫不寒而栗，紧张得直冒冷汗。

"你想要干什么？"约瑟夫抢先发问。

"就想要点辛苦费。"中年人喃喃道。

约瑟夫想都不想就从口袋里掏出几枚硬币拿给了对方。

"真是个好孩子，愿上帝保佑你，保佑你！"中年人收下钱，满嘴嘟哝着，"倘若有一天你发达了，可别忘记半夜给你开门的斯塔斯。我就是你的好邻居斯塔斯，住在那里！"斯塔斯说着用手指了指楼下敞开的那扇门。不过此时此刻，约瑟夫已经顾不得斯塔斯，他一直盯着四楼炼金术士房间的小窗户，隔着窗户看到屋里时不时会迸发出耀眼的火花，有时还会从打开的百叶窗里喷出一团火焰，亮光转瞬即逝，却足以照亮整个院子和周围的建筑物。

"哎呀，孩子。你可得小心啦，那间房子可邪乎啦，住在里面的炼金术士懂摄魂术，会把人的灵魂从他们的身体里带走！"怪人斯塔斯煞有介事地对约瑟夫说。就在这个时候，一条比刚才还要闪耀的火光从百叶窗里蹿了出来。"快看，那是……那是恶魔带到人间的地狱之火。楼上的炼金术士克鲁兹是恶魔的仆人，他虽然有着人的皮囊，可却是蛇蝎心肠。你晓得我指的是谁吧？"斯塔斯举起烛灯，凑过去神神道道地说着。在摇曳的烛光下，斯塔斯扭曲的面孔显得更加恐怖，吓得约瑟夫直哆嗦。"那个叫特林的学生也非善类。半夜经常不睡觉，我听到他在院子里和屋里一会儿唱一会儿叫。他真是个不祥人，早晚会害了住在这里的人。好了，这些事你还是少知道为妙，我要去睡觉了，晚安！"说完，斯塔斯转身回屋去了。

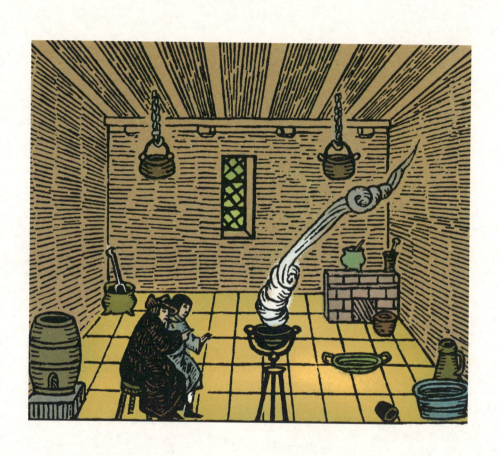

第七章　炼金术士的阁楼

　　约瑟夫一进自己的房间便感到睡意袭来，他把刚才阁楼上的神秘火舌、行为怪诞的斯塔斯全部抛在脑后，钻进被窝酣然入梦。在那之后的几天里，约瑟夫按时去学校报到，开始钻研学业，每天忙得不可开交，根本没空去想那些稀奇古怪的事情。大概过了一个星期之后，他再次撞见了那一幕。

　　那天，约瑟夫照常陪着父亲去高塔，不过稍微提早了一点回家。他在院子里站了一会儿，仰望繁星闪烁的夜空，璀璨的星光洒落在脸上，约瑟夫感到无比地心满意足。小狼狗沃尔夫已经在他的脚边睡着了，只是睡得有些不安稳，总是拱来拱去的，或许是梦到了可怕的魔鬼吧。约瑟夫卧房旁边的屋子里透出一股昏暗的灯光，这说明他的妈妈还在等他回家，说不定埃尔兹别塔也在他家呢。因为今天早些时候，埃尔兹别塔告诉他说会去他家陪他妈妈。

　　在这恬静的夜晚，约瑟夫陷入了深思。谁年轻的时候没有过天马行空的奇思妙想呢？约瑟夫这位小朋友也不例外。今晚他的脑子里满是父亲一路护送到克拉科夫，看得比生命还重的宝贝——这或许是价值连城、要用千万兹罗提才能买回来的宝石，也可能只是件玻璃商人当珍品收藏的好货。如果这东西真中看不中用，为什么扬·坎蒂如此在意它呢？那个厚颜无耻的陌生人更是绞尽脑汁地想得到这个宝贝。在这个太平盛世，全家人为了这东西隐姓埋名、以夜为衣，过着躲躲藏藏的生活，那玩意儿到底是什么来头啊？

就在约瑟夫百思不得其解时，一道强光从他眼前闪过。这是他和怪人斯塔斯在院子里第一次看见的光芒，但不同于之前的是，在那一瞬间，他还听到一声尖叫，似乎有人被灼伤了。

三楼的门打开了，一个白色身影闪出，并急匆匆地跑下了楼。等那个人走近点时，约瑟夫发现原来是穿着睡衣的埃尔兹别塔，身上还披着条白色的床单。约瑟夫立刻探问她："埃尔兹别塔！是我，约瑟夫！发生什么事啦？"

"是我叔叔！约瑟夫，我不知道他们在做什么。"失神的埃尔兹别塔看到约瑟夫，一下子忍不住哭了出来。

"我以为你和我妈妈在一起呢。"约瑟夫见埃尔兹别塔声泪俱下，也慌了神。

"刚刚我是在你家呢，后来我有点困了，她就让我回房休息。睡下不久，就听到外面喧闹声不断。"埃尔兹别塔跑到约瑟夫身边，"约瑟夫，我好害怕啊。楼上是不是出大事啦？叔叔的学生特林最近老来我家。今晚他来得特别早，一直和我叔叔待在屋子里，不晓得他俩在捣鼓什么。以前，我叔叔每晚都在家陪我，从来不去上面的阁楼。约瑟夫，我真的很怕那个叫特林的人。"

"唉，我能体会你的心情。"约瑟夫安慰着埃尔兹别塔。

"特林身上散发着邪恶的气息。你可能还不知道，自从叔叔认识他之后，整个人都变了，总是扔下我一个人孤零零在家。"

"刚才你都听见他们吵些什么？"约瑟夫继续追问。

"一开始，我被他们使劲儿的跺脚声吵醒了。然后我叔叔说：'那可不行，这么做会死人的。'那学生听了叔叔的话却狂笑不止，声音听起来真的好恐怖。之后又鸦雀无声了，我也迷迷糊糊地睡下了。就在我快彻底睡着时，又听到了另一个声音——那声音我从来没听过，可直觉告诉我那是叔叔在说话。那说话的口气让我毛骨悚然。现在阁楼上还火光四射呢！约瑟夫，你能替我去楼上看看吗？不过千万别被他们发现了，上去看一眼，马上就下来，不要逗留太久。只要确定叔叔安然无恙我就放心了。"

"有我在，别担心。我这就去阁楼，你先到我家找我妈妈。你要是不介意，今晚可以在我家过夜。明早等我爸爸回来，咱们就去找他看这事该怎么办。"

约瑟夫敲了敲自家的门，还没等他的妈妈来开门，就慌忙蹿上了阁楼。通往阁楼的梯子实在太陡了，再加上光线太暗，什么也看不清，弄得摸黑上楼的约瑟夫有些头晕目眩，可他凭着自己敏捷的身手爬到了顶层，刚好能从角落里不起眼的小窗户偷看到房间里有什么动静。不过很可惜，阁楼的窗户从来都是紧闭不开的。玻璃窗是由一个铅条网格做成的，每个空格里镶嵌着不均匀的圆形玻璃块，所以约瑟夫费尽心思也没有瞄到半点情况。无奈之下，他从窗缝里眯着眼看，同时紧紧抓着栏杆，保持身体平衡。细心的他把一只脚放在台阶上，做好随时开溜的准备，一旦屋里的人发现他在窗外偷听，第一时间就能逃下楼。

然而，眼前的一切让约瑟夫惊呆了！阁楼的屋顶上吊着四个红铜火盆，滚烫的油在盆里燃烧着，绽放出耀眼的火光。在火盆的上面叠放着一层层金属板，每个板子之间都隔着一段距离，这样能让热气从它们中间穿流而过，然后迅速冷却下来。靠近约瑟夫的天花板上还挂着第五口铜锅，虽然现在烧得不够旺，但约瑟夫还是猜到照亮整个院子的奇异亮光其实是从这个锅里发出来的。而事实上，之所以火光迸发，是因为炼金术士往里面扔了把木炭，点燃了锅里粉末，引发了爆燃。

约瑟夫发现阁楼的空间要比自己想象的高多了，而且只有一间大屋子，可以从阁楼外墙上的百叶窗看到整个屋子的样子。屋子的正中央放着一个大柜子，柜门缠着锁链，用一把大锁锁上——似乎炼金术士克鲁兹最珍贵的财产就放在里边。阁楼的屋梁架得很高，可能是年代已久，木梁有些微微倾斜。屋梁是用普通阁楼常用的木材搭的，不过外面涂了一层厚厚的白色涂料。

屋子中央还有另一件东西——用三脚架撑起的铁盆。不知铁盆里烧过什么怪东西，散发出刺鼻的气味儿，一股股难闻的臭气扑鼻而来。

身穿黑袍的炼金术士和一身皮衣的特林肩并肩坐在铁盆前，入神地盯着铁盆里爆发出来的绚烂火焰。

"你推荐的这种流行试验法我很感兴趣，"约瑟夫听到炼金术士对特林的建议表示肯定，"的确让我爱不释手，可这种实验不在我的研究范围之内。作为一名炼金术士，我的研究目标是通过研究各种物质间的相互作用与反应来探究万物真理。我专搞创造研究，我可以把醋、糖和氧化钠混在一起，让它们立即发生化学反应和产生气泡，也懂得将铅、白银和黄铜融化，然后合成在一起产生新型金属。"

"难道你认为研究中发生的化学反应不受繁星影响吗？"特林反问道。

"关系是有，但影响不大。我承认星体运转对潮汐有影响，可能也会影响到其他的事物变化。可是术业有专攻，我是一名炼金术士，不是什么占星师、星相家，对于其他的星象原理我知之甚少，没有那些探究天象的行家有见地，所以无法和你更深入地讨论星体的影响力。"

"那你觉得人的行为和命运与星象无关吗？"

"这些问题还是留给魔法师和巫师来解释吧。要是你去找他们征求答案，记得帮我问问，用猫爪、猫头鹰眼珠和死人手指催生的骇人魔法是怎么回事吧。"

"可你一直在寻找长生不老的药剂，不是吗？"学生固执地问。

"我想你是会错意了，"炼金术士回答说，"我确实好奇人如何能长生不老。你想想看，如果世间万物都有返老还童之力，那么世上的生命之环即被打破，一个失去自然法则的世界会变成什么呢？我相信未来有一天我们能研究出驻颜术，但要是我们的发明让那些作奸犯科之人重返人世，那我可就彻底没兴趣了。"

"那么，你怎么看点金石呢？"约瑟夫察觉到学生特林提起这个字眼儿时，说话的语气和神气一下变了样。他的眼中流露出一丝贪念，双手不自觉地攥成了拳头。

"点金石？这的确是一个值得探究的深奥问题。在那些迷信愚昧的人眼里，点金石就是一颗魔法石，碰到什么东西就能把它变成金子。古希腊神话中的米达斯国王就曾这么干过啊！可是炼金术士就不会这么看待这件事。我们更在意将物质转化成黄金的过程中会发生什么化学反应，而不是使用某个物质做出立竿见影的效果。"

"那你给我讲一讲转化过程吧！"学生急不可待地凑上去问。

"首先，你得清楚一点——世上存在的每个事物都有它的特性，不论是弱小的花花草草，还是人类发明的纸张和玻璃，它们的特性各不相同。名传百世的知识之父阿基米德早就证明了这一真理。他把不同的物质分别扔进水盆里，发现溢出的水量是不一样的。黄金与黄铜都是地球上的一种易转变物质，但凡遇上火、水、气与土这四大元素，它们的特性就可能发生变化。火熔物质，水可使物质变色或分解，气则使物体硬化，土控制物质亮度。若能悟出四大元素之间的奥义，把铜变成金子，或是把金子变成黄铜，就不再是梦了。"

"那你为什么半途而废了呢？"

炼金术士长叹口气："大千世界奇妙无穷啊，有太多感兴趣的事，这可让我分身不暇。我是个炼金术士，但我过于痴迷物质背后的精神问题。我想了解生命到底算不算是一种物质，比如人与人之间的差别是否与物质之间的差别一样呢？地球的奥秘、天际传递给人类的信息、生物神秘的灵魂……这些全都是我想要探索的未知领域。我还想利用自己的知识帮助那些先天畸形的人们，为他们建立对生活的信仰。我对知识的渴望岂止这么一点点——土壤的构成、春夏交替和星星发光的原理、海上巨浪的成因，样样都是我想了解的。感谢上帝赋予我聪慧的头脑，我才有能力寻找身边隐藏的真相。"

特林向克鲁兹靠过去，压低嗓子说："你真是个傻瓜啊，克鲁兹阁下！你可是我们之中最拔尖的炼金术士，怎么能把时间浪费在这些虚无缥缈的事情上呢？你手握无价之宝却不自知。"

"你指的是……"

"你心中有数呀——就是我们正在尝试的东西，没几个人懂这门道。"

"我知道，可我还拿不定主意，你说的这件事真的不是我爱的事业。不过我得承认，在这方面你的确是我的老师，没有你的引导，我是不会涉猎这个如此令人着迷的新领域的。最近，我的所见所闻让我耳目一新。然而，这些实验可能危害到人类。在德国纽伦堡也有人尝试炼化黄金，还有些人孤身隐居黑森林也是为了找到点石成金的秘诀，可这里毕竟是克拉科夫，我想咱们还是小心点好。"

炼金术士说完，静静看着噗噗往上冒的火苗，特林坐在他身边一声不吭，斜着眼瞄着炼金术士，无法掩饰住内心的邪念。这样歹毒的目光让约瑟夫害怕极了，恐惧之下他的脑子里蹦出一个词，"魔鬼"——对，此人是从地狱里放出来的恶魔，为一己私欲蒙惑别人，借他人之手实现自己的野心。

沉默良久后特林决定继续游说炼金术士。于是，他说道："克鲁兹阁下，我曾去纽伦堡求学，那里的老师教导我，人类有两个大脑。其中一个控制知识、力量和支配能力，人在清醒时这个大脑是不工作的，它只在人睡觉时才会开始运转。而另一个则主管低层次的日常生活，每天指挥着我们吃饭、工作和休息，这些只是人类基本行为活动。"

"是的，这些理论你已经证明给我看了。"炼金术士答道。

"既然如此，把自己的智慧上升到另一个层次吧，开动起你的另一个大脑！"特林指使炼金术士。

"动脑做什么？"

"当然是做所有人梦寐以求的事情——点石成金！"

特林激动的声音让约瑟夫背脊骨阵阵发凉。

"可我不需要那么多金子啊。"炼金术士说。

"怎么可能不需要？肯定会用到！"特林不肯放弃，试图改变炼金术士的观念，"你根本没领会到掌握炼金术背后的真谛所在。有了这门技术，如同拥有呼风唤雨的本领，全世界都得听我们的。你，包括你的家人也会过上锦衣玉食的生活——住在富丽堂皇的宫殿里，坐拥取之不尽的珠宝玉石。我们还能像富商一样畅游欧洲大陆，就连军队都会听从我们的号令，手握至高无上的权力，每个人对我们唯命是从。"

特林沉浸在自己编织的虚幻梦想和欲望里，无意间发现炼金术士不为他的说辞所动，话锋一转继续对炼金术士洗脑："你想想看，你可是个炼金术士！这间破阁楼用来搞实验太窄啦。用这些简陋的器具，只会拖慢你的研究进度，这辈子都难有所成。凭你的才华和天赋，你本来能成为全波兰，甚至全世界最伟大的炼金术士。到那时，你将拥有比阁楼大几十倍、摆满精密仪器的实验室。各种奇珍异宝应有尽有，你想研究什么就有什么！难道你不期待有那么一天吗？"

这次特林的话说进了炼金术士的心坎里。"每个清贫的学者都会被这样的理想所打动。"克鲁兹若有所思地说，然后情绪突然高涨，"你对我就这么有信心，认为我可以参透炼金术的奥秘？"

"对此我毫不怀疑！"特林热血澎湃，手舞足蹈地为炼金术士打气，"只要你能彻底停下以前的学者们伏案钻研的枯燥研究，不再把光阴浪费在攻克学术问题上，全身心探索炼金术，要不了多久，你就会是炼金圣手第一人了！金子才是人们最想得到的东西。人这辈子拥有多少黄金，就有多么成功。那些正派高尚的人在黄金面前也会做出尔虞我诈的卑鄙行为，甚至干出超乎自己想象的事情来。你该为你的侄女多想想。有了黄金，她可以过上幸福的生活。不止如此，你还能为学校教育贡献一份力量！你的一个决定将让克拉科夫大学，不，让整个波兰成为世界上最令人向往的地方！"

克鲁兹感到愈发地迷惘，陷入沉思。涉世未深的约瑟夫看出特林那番话已经说动了炼金术士。的确如此，拿特林嘴里描述的光辉未来与现在自己清苦的日子一比较，没有谁会觉得眼下的生活更美好，也许只有傻子才会这么想吧。克鲁兹作为老派学者，坚持着自己不切实际的理想，一心想探索天地万物，探究人性，忽略了身边的亲友和自己的生活。特林的每句话都刺进了他的心窝，使他认识到过着拘泥守旧的日子有多么愚蠢。如今，只要克鲁兹愿意跨出这一步，就有大把的机会创造新生活。

克鲁兹一想到这里，大为赞同特林的想法："你说得太对了！等我们揭开点石成金的秘密，就能成为世界之王，受世人顶礼膜拜。有了金子，我们可以完成自己的梦想，实现对整个世界的承诺。有了金子，我们可以帮助穷困潦倒的人，救死扶伤，甚至让整个波兰成为富强的国家！这是一项神圣而伟大的事业，我们任重而道远啊！既然我们已经狠下决心，不如今晚继续做实验吧。我还要再接受催眠吗？"

"今天已经太晚了，就不进行催眠了。实验也暂时停一停，刚才已经做过第一次实验，这么短的时间内接着做第二次，恐怕还不如之前的效果好。我们先休息一晚，恢复一下元气，明晚再试也不迟。我有件事特别好奇，今晚你进入深度催眠时提到了一件事。你说几个世纪以来，世界上所有占星师、炼金术士和魔法师苦苦寻找的东西近在咫尺，我琢磨着今晚我们会有重大发现呢！"

"我有这么说吗？可惜我被吵醒了。"炼金术士也没辙了。

"是你说的，运气可真差。你被一声尖叫吵醒了，声音好像是从你侄女的房间里传出来的。"特林酸酸地说。

"埃尔兹别塔为什么尖叫？"炼金术士关切地询问特林。

"你在进入催眠时看到了可怕的场景。你高喊着附近有魔鬼要加害你，怕到失声大喊起来，再开口说话就含糊不清了。"

"我没管孩子吗？"

"没有。之后你又在椅子上睡过去了。这次我可没有对你进行催眠，是你自然而然入睡的。我再怎么问你话，你都不搭理我。"

炼金术士揉揉自己的眼睛疑惑地说："说实在的，我现在特别困。可我想知道刚刚自己怎么会这么说。这附近哪里有什么宝贝啊，我完全不知道！一楼住着老太婆和她的笨儿子，我常用火吓他们；二楼是一家贫困的难民，是最近才搬进来的；院子那边就住着你和另外两个穷学生。整个后院就这些人，没哪个像是有宝贝的人。我困得睁不开眼了，今晚我们还是到此为止吧。"约瑟夫听到这里，赶紧悄悄地溜下楼去。

第八章　纽扣脸彼得

　　秋风过耳，吹走了酷暑闷热的空气，约瑟夫一家迎来了天朗气清的日子。送走了炎炎夏日，城外维斯瓦河的水位也慢慢地降了下来，变成了一条波光粼粼的细带。河岸边的草原转眼变成了枯黄色，树林里的树叶也全部换上了金灿灿的秋装。春夏两季栖息在此的鸟儿们只等寒意来袭时，立即飞往南方。草原上骏马奔腾，每天还能看到川流不息的马车从这里经过。乡间的谷仓和屋舍堆满了干草。在这个丰收的季节里，各种时令蔬果已运往市场售卖，红彤彤的苹果、黄黄的南瓜和晚熟的卷心菜，应有尽有！克拉科夫城上空万里无云，一片湛蓝。天底下没有任何一个地方的天空能有这里般清澈透亮！克拉科夫城金秋时节的太阳是世界上最灿烂、最绚丽的！

　　石楠花凋零的时候，就到了人们收获大麻的月份。现在约瑟夫不仅把《赫纳之歌》记得滚瓜烂熟，还能用父亲的小号吹上一小段呢！有一晚，父亲让他站上高塔试吹圣歌，这个经历让他得意了好久。他还记得那天夜里，父亲先后朝东、西、南三个方向奏响了乐曲，然后把小号交到自己的手中，鼓励他完成北面的圣歌。约瑟夫在家哼唱练习时，聪慧的埃尔兹别塔记住了曲子的美妙旋律，她不仅能哼唱圣歌，还可以默写出整篇曲谱。

　　炼金术士克鲁兹和特林闭门研究点金术，扔下埃尔兹别塔一人在家，所以这阵子埃尔兹别塔老爱往约瑟夫家跑。这天晚上，埃尔兹别塔又去找约瑟

77

夫的母亲，恰好碰上了活力四射的约瑟夫。

"要不了多久，我就能吹完每一面的圣歌啦！"约瑟夫兴奋地对埃尔兹别塔说。

埃尔兹别塔托着下巴，若有所思地说："你要能吹完四面的圣歌，我一定认真听完。现在半夜醒来，家里总是没人，听听熟悉的号声会让我安心不少。"接着，她又压低声音说："约瑟夫，我觉得我叔叔被什么邪乎的东西附体了。"

"附体？被什么附体了？"约瑟夫被埃尔兹别塔的话惊得目瞪口呆。

"我也说不清楚，反正叔叔他整个人都变了，行为特别反常。当然，我可不是说他疯掉了。我是说他最近经常把自己关在阁楼里，上面肯定有什么东西让他流连忘返。他不再关心我和他的朋友了，每天和那个学生特林混在一起。"

"嗯，我知道这个人。"约瑟夫回答说。

"每天晚上他都和我叔叔在阁楼里神神秘秘地做些什么，不到天亮不出来。我知道他们在谈论玄乎的事情。叔叔时不时会突然大叫，感觉声音里充满了痛苦。那晚我求你上楼探风，你也听到了，对吧？从那之后一直是这样。"

"我把那晚的情况一字不漏地讲给父亲听。不过，父亲让我别多事，还说你叔叔是个聪明人，做事有分寸。现在不管他在搞什么研究，都会为他带来荣誉。更何况他又对我们一家有恩，所以父亲不准我再去阁楼偷看你叔叔。"

"也许你父亲是对的，"埃尔兹别塔暗自思忖着，"无论出了什么状况，我都像以前那么爱我叔叔。"

促膝长谈后，埃尔兹别塔和安德鲁三人更亲了，关系好得像一家人一样。每天下午，她会带上自己的针线活儿到楼下约瑟夫家，和安德鲁太太一起聊天、做女红，两人还会一起哼唱小曲。约瑟夫放学回家后，她就跟着约瑟夫跑出去玩儿，看看这一天城里有没有奇闻怪事，是不是有新的商队和表演队进城，有时会去围观城里的骑士团和行会队伍。他们经常出城玩耍，在田间带着狼狗沃尔夫追逐嬉戏；也跑去卡齐米日的犹太村旧址探险；穿越维斯瓦河西面的城堡吊桥，欣赏桥下的风光。他们还去过斯卡尔卡地区的老教堂，圣人斯坦尼斯拉斯就死在了那个教堂的祭坛上。两人攀上高丘瞻仰老国王卡拉库的陵墓。他们趁着晴朗天去过好多地方。

一天傍晚，他们跑去参观圣母圣殿。守门人放他们进了高塔，两人手脚并用爬上了塔上的号手房，遇上白班号手正和安德鲁交班。看到乖巧伶俐的埃尔兹别塔造访高塔，白班号手感到十分荣幸，不由自主地讲起了这座教堂的历史故事，还有在建时的种种事迹。

约瑟夫顺手拿起桌上的小号，饶有兴致地说："我第一次对着四个方向吹完圣歌时，你一定要仔细听我有没有吹错音符。"

"没问题！"埃尔兹别塔兴奋地答应了约瑟夫的请求。

"我吹错一次，就把我的帽子给你。吹错两次，沃尔夫归你。"说到这里，约瑟夫又想到一个孩子气的主意，他说："要是我一口气吹完整首《赫纳之歌》，没有在最后的那个音符做停顿的话，那就意味着我遇到危险啦，你得立刻去找扬·坎蒂教士搬救兵来解救我！"

"你这话是什么意思啊？"埃尔兹别塔笑意未退，但约瑟夫的话让她忧心起来。

"我猜你一定听过关于《赫纳之歌》的英雄事迹吧？"

"当然听过啦。"

"当年鞑靼人在城内杀人放火，克拉科夫城已经是一片火海，可号手仍不惧险阻，坚持吹响圣歌。"

"我知道，他很勇敢。"

约瑟夫睁大宝蓝色的大眼睛，严肃地说道："如果将来鞑靼人又打来了，或是遇上十字军攻城，我又正好在高塔上站岗，就能听见震天响的马蹄声和哭喊声，还能望见远方硝烟四起。但那个时候，恐怕我是只身一人在塔楼上，没有父亲和其他人的陪伴。可我是不会当逃兵的——我必须第一时间通知全城民众戒备，并要按时吹响《赫纳之歌》。不过，我不会像平时那样在那个音符点停下，我会一直吹完这首圣歌。这篇乐章本来就是要吹奏完的，总之我会继续吹奏，绝不停下。"

"你这主意真是绝了！"埃尔兹别塔兴致勃勃地表示赞成，"要是我听到你吹出和平时不一样的号声，我就马上去找扬·坎蒂求救！"

一时间，约瑟夫被夸奖得不知如何回应埃尔兹别塔，索性直接带她领略整个城市的风光："快来看看窗外的景色吧。"他完全没想到埃尔兹别塔不仅没拿用号角发信号的事取笑他，还把他一时兴起想出来的点子当真了。在他们那个时代的年轻人，只会把最重要的人说的话记在心上。如此说来，约瑟夫在埃尔兹别塔心里已经占据了很重要的位置。这不单单是因为约瑟夫在教会学校上学，会小号，更多是因为约瑟夫比同龄男孩谨慎稳重。

他们二人站在窗边向外望去。在他们的右手边是圣佛罗莱恩街，街道的尽头是城门和教堂。每年城里都会新建几座瞭望塔，当地的工会将被指定负责一座塔楼的修缮和维护工作，设岗守塔，起到备战作用。站在圣母圣殿高塔上，两座紧挨着佛罗莱恩城门口的新塔楼清晰可见，它们由工匠会和裁缝会负责。在这两座瞭望塔和教堂之间，有许多庞大的宅院，那里实际上是有军队和守卫驻扎的军营。现在没有外出执勤的士兵们在营房里休息玩乐，有的手拿铁头木棒较量比武，有的人甚至把鸽子绑在高高的杆子上练习射箭。

再看远一点，就能见到热闹的集市。农民们正想方设法降价处理摊子上剩下的货物，好赶在天黑前收摊回家。在纺织会馆的拱门下，人们悠闲地从一个小摊逛到另一个铺子，挑选从东方和南方运来的蕾丝花边、刺绣和高级丝绸。纺织会馆背后是市政厅高塔，高塔前押解来两名手戴枷锁的犯人，一群不懂事的孩子抓起地上的泥巴和烂菜就对着那两人扔过去。约瑟夫和埃尔兹别塔看了几眼，又转去了南边窗口眺望圣安德鲁教堂的双子塔，远处巍峨的瓦维尔山上耸立着宏伟的岩石城堡。在余晖的衬托下，宫殿和教堂尤为壮丽恢宏。

傍晚时分，天色渐晚，约瑟夫二人从高塔下来，打算去集市广场逛逛。他们路过兵营，来到附近光线阴暗的空地上，那里有许多穿黑袍的学生和老师走来走去，但他们不是朝同一个方向前进的，就像是飘荡在上空的鬼影。约瑟夫和埃尔兹别塔混在人群里，并没有试图摆脱他们，因为他们也很好奇：这些学生为什么聚在这里，而且个个兴奋不已呢？

空地上黑色的身影越聚越多，他们两人左推右挤，好不容易才走到圣安街的学生宿舍前，找到一个不太拥挤的地方。学生宿舍楼建在街边，向内缩，腾出一块地当作宿舍的前院。这个不太大的空地上铺着草坪，草坪中央立着一尊建校人——卡齐米日国王——的石像。此时此刻，在雕像的基座旁，靠着王座边上站着一位老师，他正用拉丁文对聚集在一起的学生发表演讲。

"今天我也听过他的讲词，"约瑟夫对埃尔兹别塔说，"他是一位相当有名望的意大利学者。今天他专程到此朗诵大师级诗人的作品，还背诵了自己创作的诗歌。他认为只有但丁和彼特拉克①这样的人物才能算得上是真正的诗人。不仅如此，他还独具慧眼，说以后萌芽的新学问将成为世界的先锋学科，引领世人进步。他在演讲里提到从罗马帝国消亡以来，我们一直活在被黑暗笼罩的世界里。想要走向光明，人类必须学会自我思考，用自己的语言进行写作。"

"你能听懂他说的那些话吗？"

"那当然。他讲的是拉丁语，我们学校的老师、教士还有学者，他们都说过这种语言呢。我八岁大的时候，父亲就开始教我说了，我自己也用功学

---

①彼特拉克（1304-1374）：意大利诗人、学者，欧洲人文主义运动的主要代表。

习，所以拉丁文知识还不错啦。刚接触这门语言时，我不太愿意花精力学习，因为它的语法和时态非常烦琐，后来我渐渐喜欢上了拉丁文，它让我了解到世界上最杰出的社会是什么样的。这几个月里，我每天都听老师们说拉丁语，我也希望自己能熟练地运用它。我现在就像是懂拉丁文的哑巴，会听不会说。"

"这位意大利诗人为什么要跑到克拉科夫大学做演讲呢？"埃尔兹别塔疑惑地问。

"也许是到这里演讲更能引起共鸣，带动学者们辩论新思维。虽然许多大师都出自高等学府，学习最先进的知识，但仍然有些思想陈腐的老学究，他们对新学没多少好感。我们以前学来的都是伟人亚里士多德的学说，课本全部被译成了拉丁语，没人真正去读过希腊语原著，也没人去验证过转译的知识是否有偏颇。大师的经典理论沿袭了几个世纪，也难怪他们不能改弦更张了。"

正当约瑟夫侃侃而谈时，那位意大利学者开始用纯正的拉丁腔朗诵自己写的诗，获得了雷鸣般的掌声。随即一位波兰学者爬上了雕像基座，兴致勃勃地开始用母语念诵起自己的作品。

"他们为什么这么热衷于用拉丁语作诗呢？我要是名诗人，才不会用古老语言记录我的心情，这只有学者才能听懂。我希望无论是文化人还是大老粗，都能听懂我的赞美诗歌。我想歌颂祖国波兰，赞美世间的花草树木和瓦维尔山城堡上空的蓝天白云，褒奖高塔上的吹号手！说实话，我更喜欢所谓的新学！"

此时，约瑟夫笑而不语，静静地让埃尔兹别塔抒发己见："而且为什么女人就不能像男人那样上学、研究新学呢？为什么所有的诗歌作品、学说和书本只能让男人看呢？我也很想拜读名师名篇啊！"埃尔兹别塔说这话时严肃极了，约瑟夫也跟着认真起来："我完全认同你的观点！为什么只准男人饱读诗书，这个原因我说不上来，但学校真的没招过女学生。"

两人你言我语，嘻嘻哈哈地走在回家的路上。他们穿过圣安街边的一条小路，来到鸽子大街，头也不回地往家走，根本没有注意到身后不远的墙根处躲着两个窃窃私语的男人。这两个人身材矮小，其中一个是个驼背，他正把长长的手指竖在嘴唇边，提醒同伴不要打草惊蛇。

"嘘……就是那个男孩儿。"

"你说这孩子是什么时候搬来的？"另一个男的斜着眼儿打量着约瑟夫。

那个驼背男人啊，原来就是院子里一楼老奶奶的儿子斯塔斯。他寻思了半天，说出了安德鲁一家搬到小院的日子。

"那准没错了！就是这个孩子。那天我看到他的时候，一副乡巴佬打扮，风尘仆仆的样子。现在这身行头怎么这么贵气，瞧他穿的天鹅绒外衣，还戴着顶学士帽，不知情的还以为他是个皇亲国戚呢。不过，无论如何，身材相貌却改变不了。你说他就住你家楼上？"

"是啊，他们家姓科瓦尔斯基。"

"这……不对吧？我认识他时明明姓查尔奈斯基。我大概猜到是怎么回事了。瞧见我手里的东西了吗？这是枚金币，纯金的！你可以用它买点酒肉犒劳下自己。这钱币归你，拿好了。不过你要记住，今天的事情你知我知，不要告诉别人，在外面乱说话！你要能按我的吩咐办事，我绝不会亏待你。现在你能带我去他们住的地方看看吗？"这个陌生人说完，就把金币塞进了斯塔斯手里。

斯塔斯捧着金币欣喜若狂，久久不能平复。他马上为这个陌生人带路，尾随着约瑟夫两人走到院子门口。

"他们就住这里。"斯塔斯说。

"很好。从现在起，你给我盯着他们的一举一动，有什么风吹草动就来通知我。每天下午三点，我都会在金象旅馆等消息。到那旅馆你别说是来找我的，而且你看到的每件事只能跟我本人讲，不可以让第三个人知道。今晚你要办的第一件事是拿灯照亮那孩子的脸，让我好好看清楚。办好了自然能拿到一大笔奖赏，懂了吗？"

斯塔斯想到能赚到大把的金币，激动得浑身颤抖，满口答应了陌生人的要求。之后，两人分头离开。斯塔斯走进院子，回家去了。而那个陌生人也快步走回旅馆，找了张桌子坐下。这个就是几周前和安德鲁一家发生冲突的大恶棍——斯蒂芬·奥斯特洛夫斯基！此时此刻，他已经兴奋得不能自己，寻思着好运来了真是挡都挡不住啊，竟然能把安德鲁一家找出来！这确实得有几分运气，要不是在街上偶然撞见这小子，恐怕也不会想到他们还在城里。多亏斯塔斯无意间说起，那个只在晚上出门的号手的儿子和他口中的约瑟夫有几分相似，这才能顺藤摸瓜找到他们的藏身地。

自从那天安德鲁一家被救走之后，就消失得无影无踪，怎么找也找不出他们的下落。在那之后，斯蒂芬亲自折回乌克兰打听他们的消息，可惜一无所获。他又派手下马不停蹄地到邻近城市做地毯式搜索，最后还是无功而返。难不成这三人跳进了地缝遁走了吗？跟丢了安德鲁一家的斯蒂芬气得牙痒痒，因为自己的丰厚奖赏全都泡汤了！伊凡大人许诺的金山银库和大宅邸一样没捞着。贪婪的斯蒂芬又岂会放弃快要到手的财富呢？他的脑子飞速运转，想到这家人说不定就没离开过克拉科夫城。于是，他快马加鞭跑回城。没想到这次竟然被他蒙对了！

他的眼神里充满了敌意，凶神恶煞地拍了拍桌子嚷道："我可是人称'恐怖波格丹'的波格丹·格罗兹尼！我有的不止是运气，还有聪慧的大脑。这次肯定能成功！只要我从这家波兰人手里拿到宝贝，一定让他们付出代价，给自己出口气，谁叫他们那天在克拉科夫城门口让我在众人面前出丑呢！"

就在斯蒂芬放狠话的时候，一个脸上缠着脏兮兮的绷带的乞丐走进了旅馆，可怜巴巴地挨桌乞讨要饭。走到他旁边时，斯蒂芬扔了一枚硬币给伸手要饭的乞丐，然后轻声说："今天你迟到了。"

"请原谅我，主人。我以为今天能探听到一些消息。"乞丐怯生生地道歉，见到斯蒂芬脸露笑容时，还以为自己会挨打，本能地做出防御的姿势。结果斯蒂芬却说："没关系，你的任务到此结束了。今晚你马上动身去塔尔诺夫，告诉我们的兄弟人已经找到了，让他们集齐人马赶快过来。这一来一回，最快也得三个星期，你还是尽快出发吧！争取在第一场雪之前把人给我叫来。"

乞丐接下指示，大气不敢喘一口地走出了旅馆，忙活差事去了。不一会儿，他来到了集市西边的街道，可是没多走两步，就飞快地转进了一间屋子的拱壁后边儿，三下五除二撕下缠在脸上的绷带，全速向莫吉列夫路的城门跑去，终于赶在守夜人换班前出了城。之后，他头也不回地跑进一间农舍后院的马厩，拉出自己来时骑的马，翻身上马疾驰而去。临走前，他还给屋主撂下句话，农舍的主人立即心领神会，嘱咐他快去快回，似乎这两人是一伙的呢！

波格丹这个大恶棍依然在旅馆里窃窃自喜。在他眼里，那个弯腰驼背的怪人斯塔斯像是天使下凡，专程来助他一臂之力。他老早就发现，这斯塔斯能和衣衫褴褛的臭乞丐们打成一片，心想，早晚有一天能从他嘴里撬出惊天秘密！于是，波格丹故意和斯塔斯套近乎，请旅馆老板端来好酒招待，没想到斯塔斯几杯小酒下肚，就什么话都倒了出来。斯塔斯一句无心的醉话提起了波格丹的兴致。他说城里新来的吹号手从不值白班——一家三口住进院子的时间，还有换上天鹅绒外套的男孩子，这不就是安德鲁他们一家子嘛！

今晚，吹号手出门的时候，斯塔斯会用灯光照亮他的脸，事先躲在角落里的波格丹会趁机确认他们的身份。再过一两个礼拜，手下们就能赶到城里了，到那时候，他们插翅也难飞啦！波格丹想到这里，兴奋得面色发白，使得脸上那个像血块一样红的纽扣疤痕清晰可见。

安德鲁要是知道那天当街与他作对的人是波格丹·格罗兹尼，会有什么样的反应呢？当他知道此人就是全乌克兰无人不晓的"纽扣脸彼得"，又会有何想法呢？第一次照面时，波格丹·格罗兹尼告诉安德鲁，自己姓奥斯特洛夫斯基！这个姓可是海乌姆当地赫赫有名、有头有脸的大家族！

在乌克兰，纽扣脸彼得的确是一个让人闻风丧胆的恶名。这个外号是一个波兰人给他取的，而哥萨克人称他为格罗兹尼，或是"恐怖波格丹"。纽扣脸彼得的真名是波格丹，在一个充满暴力的家庭里长大，他的母亲是鞑靼人，父亲是哥萨克。在过去十年里，他参与了边境上发生的每桩不法活动，杀人放火，无恶不作，无数无辜的人惨死在他的手里。他手下还集结了一帮暴徒，经常在半夜三更做些打家劫舍的勾当。

像他这样劣迹斑斑的人难道不会被人唾弃、惩戒吗？事实恰恰相反，无论是在波兰，还是在俄罗斯，许多达官贵人都会暗中收买波格丹，让他帮他们做一些见不得人的事情——鞑靼人首领可汗也钦差他去金帐汗国①完成秘密任务。所以，在波兰和乌克兰的边境处，纽扣脸彼得的大名可是响当当的，也因此有许多波兰人甘愿为他效力。

数百年前，立陶宛领导人雅盖沃和波兰的贾维伽成功联姻，将乌克兰并入了波兰的领土版图。为了争夺这片辽阔大地的统治权，俄国与波兰大动干戈。追溯到拜占庭时期，乌克兰的基辅曾是俄国的首都，这令莫斯科的伊凡大人对这块宝地垂涎三尺。伊凡大人时时刻刻在密谋着如何从波兰人手里抢回本该属于俄国的领地，只要有一丝机会都不会放弃。在这样的乱世下，有许许多多的家庭像安德鲁一家三口那样，一夜之间家破人亡。动荡的局势给了纽扣脸彼得为非作歹、巧取豪夺的绝佳机会。

安德鲁一家正其乐融融地围坐在桌边，享受着美味晚餐，殊不知自己马上就要大难临头了！

---

①金帐汗国：即钦察汗国，拔都所建，统治东欧和中亚大部分地区。

第九章 遭遇纽扣脸彼得伏击

转眼间，克拉科夫城进入了十一月的初冬，波兰人喜欢把这段日子称为"叶落归根月"。每年一到这个时节，穷人们纷纷开始修缮自家的茅草屋，抵挡寒冷空气入侵。他们先是为屋顶加上一层厚厚的稻草，用沙石在屋外堆起高高的外墙，再找来许多树枝和石头堵住墙上漏风的地方。家里的桌椅下面塞满了生火用的木块和木炭，在屋梁上密密麻麻地挂着各种过冬的食物，有蔬菜干、蘑菇、香肠和其他好吃的东西。第一次霜降到来时，村民们会把那些平时放养的家禽和猪赶进大屋子里，和人一起取暖。严冬正式到来之前，人们还能在外面的房间里休息活动，等到大雪飘飘，就只能搬进密不透风的小房间，燃起炉火，依偎在壁炉旁取暖。由于那个屋子里连个烟囱都没有，乌烟瘴气的，四面的墙壁也被烟给熏黑了，所以大家都称这间房子为"黑室"。

比起乡下人的简陋屋舍，城内居民的冬天可要好过多了。富人们像往常一样，请来工匠搭建起最喜爱的意大利式高砖炉，而那些平民也有普通的火炉取暖。当第一场大雪降下时，全城的孩子们争先恐后地拿起燃烧的炭石，点燃冬季的第一缕炉火。这是每年冬季圣母圣殿吹号手最为忙碌的时候。全城上下家家户户都燃着炉火，他们一刻也不敢怠慢，随时紧盯着城市的每个一角落，以确保在第一时间发现火情。一旦谁家的房子着了火，吹号手就会立即发出警报，喊人救火。漫漫长冬，消防队长和他的手下们也累得够呛，整夜东奔西跑，消除险情。

一个星期三的晚上，白雪纷飞，安德鲁正准备出发去教堂守夜。他走在空无一人的街道上，不禁觉得上天待他们一家不薄：自己带着妻儿初来乍到，人生地不熟，就遇到贵人帮他们解围。现在儿子的学业名列前茅，妻子也过上安定的生活，再过不久自己也将在朋友的帮助下秘密觐见国王，献上宝贝。至于什么时候能见到国王本人，可没个准儿。国王要么在托伦招兵买马，接待外交使节，要么身在盖拉王朝都城维尔纳或是里沃夫处理政务，每天日理万机，分身乏术。更何况，就算国王移驾克拉科夫，也不会停留太长时间，像安德鲁和扬·坎蒂这样的平民百姓又岂会有机会见到国王呢？排在他们前面的达官贵人太多了——进献波希米亚王冠的捷克使者、罗马代表团、意大利学者和请求签订结盟契约的条顿骑士团等有权有势之人。

安德鲁觉得耽搁时间倒是其次，反正早晚能轮得上他面见国王的。在快要入秋时，扬·坎蒂已经向宫廷递交了一份请愿书，国王已差遣一名文雅的学者捎来消息，说一有时间就会马上召见他们。在这段等待的时间里，当务之急是把宝物藏在安全的地方，不被人找到。

安德鲁离开家几个小时之后，院子大门外传来了一阵猛烈的敲门声，腿脚不便的斯塔斯急急忙忙跑去打开大门，正要举起灯笼看清来者是何人时，就被一记勾拳打中下巴，栽进了雪堆里，弄得浑身是雪。

"要是还想活命，下次就不准再用灯笼照清我的样子！"来路不明的陌生人踹了斯塔斯一脚，顺手捡起地上的灯笼，"蠢材！你想我被巡夜的抓走是不是？告诉你，要是我出了事，你也休想脱身。给我放聪明点，管好自己的嘴。现在一切都准备就绪了吗？"

"都准备妥当了。"斯塔斯可怜巴巴地回答道。

"那现在院里都有谁啊？"

"嗯……顶楼住着一位炼金术士，还有他的侄女，然后就是那母子俩了。"

"院里的学生到哪儿去了？"

"他们去匈牙利的寄宿学校参加一个讨论会，有时要等到天蒙蒙亮时才回来。"

"太好啦，这下我们没有后顾之忧了。喊十二个人来就能把这事给办了，四个人对付安德鲁一家，四个人在外面把风，最后那四个人负责监视其他房客的动向。要是不巧巡逻兵来了，那我们就干掉他，以绝后患！看着点楼梯！"

"好的，他们家住在……就在二楼。"斯塔斯说完，跑去前面带路。破旧的楼梯在他们两人脚下咔嚓作响，晃动个不停。

"脚步轻一点！"陌生人说着，"感觉这楼梯快塌了。"

就在此时，院子里冲出一条小狼狗，冲着他们狂吠。

"怎么有狗？"来者转过头质问着斯塔斯，"没听你说这里有狗啊？"

"放心，拴着的，不会冲过来咬人。现在能先把金子给我吗？"

"拿去。"陌生人丢了几枚金币给斯塔斯。

斯塔斯此时已经掉进了钱眼儿里，贪婪地摸摸钱币，然后紧握在手中，怕一个不当心就把钱给弄丢了。"就这么点吗？"斯塔斯发起牢骚。

"我劝你见好就收！这是剩下的一部分，你全部拿上。"陌生人被斯塔斯的话激怒了，突然伸出手掐住斯塔斯的脖子，手指用力抠住他的喉咙，差点没把斯塔斯活生生掐死。斯塔斯拼命挣扎，却怎么也挣脱不开那只像铁枪头一样坚硬的手。陌生人见斯塔斯已经受到了教训，决定放他一马："不要再有下一次，否则我就送你去见上帝，或者打你入地狱也行！蠢货，竖起耳朵给我听好了，今天事情要是办得顺利，我会给你双倍的钱。但你要是敢出卖我，或是做些拖后腿的傻事，小心我让你吃不了兜着走！"

两个人一通拉扯之后，斯塔斯带着陌生人走下楼去。

"今晚两点，我会带齐人手过来，到时候记得给我开门。敢误了我的好事，当心你的小命！"陌生人放了句狠话离开了。

这天夜里，炼金术士克鲁兹独自在阁楼里做实验，正当他开始进行第二项研究时，听见楼下传来狗叫声。他寻思着这也太不寻常了，今晚又没有月亮，狗为什么突然汪汪大叫呢？再说约瑟夫养的狼狗熟悉院里的住户，根本不会对着熟人乱叫。想到这里，他用布罩住烛灯，轻轻打开一条门缝往下张望。

克鲁兹满心疑虑地听着外边儿的动静，结果让他发现有两个人正在楼梯上窃窃私语。克鲁兹听见一个熟悉的声音，他认定其中一个人就是楼下老妇人的儿子斯塔斯，于是探出身子看个究竟。好巧不巧把陌生人对斯塔斯下达的命令听得清清楚楚。斯塔斯为什么要在半夜两点放外人进院子呢？这实在太蹊跷了，一定有什么不可告人的秘密！他回到自己的屋里，揭开烛灯上的布，静静揣摩着刚才那段匪夷所思的对话。那个陌生人到底是谁？他和守门人斯塔斯之间有什么阴谋？既然让自己撞见了，可不能袖手旁观啊。要不要去通知巡夜的卫兵？可是，万一是自己听错了，误会了人家怎么办？或许他们说的是明天下午的两点钟。克鲁兹思前想后，不知道如何是好。

克鲁兹毕竟只是位知识渊博的炼金术士，他扫了眼自己的实验室，自嘲地笑了笑，心想，这房间里值钱的东西没几样，自己担心个什么劲儿啊。与其在这件事上浪费时间，还不如多做些实验呢！打消顾虑之后，克鲁兹再次全身心投入实验当中。这次他做的实验难度相当高，差不多用了一个多小时才完成。刚刚放下手边的工作，脑子里又冒出斯塔斯和陌生人的对话，可没过多久，他的思绪又飞回了实验上。他突然跳了起来，点燃了两口大火盆，然后向其中一个倒进了块橡皮，利用高温将它融化，接着又在另一口锅里煮着说不出名字的液体。大概过了十五分钟，克鲁兹熄了炉火，从锅里取出黏黏的化学物质，又用小刷子把两种混合物涂在了挂在墙上的学生袍上。然后，又把自己做实验时常用的防毒面具拿了过来，把剩下的涂料刷在了面具上。

"给面具表面涂上一层荧光粉，夜空繁星都没有它闪亮呢！"克鲁兹沾沾自喜地说。他坐在椅子上闭目养神，谁知脑海里又浮现出楼梯上发生的那一幕。陌生人那句话到底是什么意思啊？这人和斯塔斯当时正偷偷摸摸地站在安德鲁家门口，又说出这么奇怪的话，难道这家人隐藏着什么秘密吗？回想起来，安德鲁家三人隐姓埋名是为了什么呢？不会是在外边和人结了梁子，怕被人寻仇吧。当初这家人搬来的时候，身无分文，一贫如洗，还要靠变卖马车换点生活费……克鲁兹怎么想也想不通。

克鲁兹几乎工作了一个通宵，现在困得上下眼皮直打架，正昏昏欲睡的时候，圣母圣殿传来了两声清脆的钟声，一下子把他惊醒了。紧接着，一段动人的《赫纳之歌》从空中飘进了克鲁兹的耳朵里。很快，第四遍圣歌就快吹奏完毕时，他突然听见楼下有异动，原来是斯塔斯贴着墙壁走去开门了！克鲁兹轻轻打开阁楼的门，趴在地板上，伸出脑袋往楼下打探虚实。

斯塔斯拉开了庭院的大门，一群陌生人蹑手蹑脚地走了进来。炼金术士一边听着，一边默数着：一、二、三、四……如果没数错，起码来了十二个人呢！我真该通知卫兵戒备的，克鲁兹自责地想着。我现在大喊或许来得及，只是就凭我们两人也难以制服十二个歹徒啊！算了，多一事不如少一事，我还是去喝杯自己家酿的啤酒压压惊，待会要是情况不妙的话，再做打算。

这帮歹徒上楼发出的声音惊动了狼狗沃尔夫，它发出的嘶吼声打破了夜的宁静，在院子里回荡着。

"让狗别叫了。"克鲁兹听到楼梯上有人正在发号施令。接着，又听到一阵火急火燎的下楼声，听起来真有人冲下去对付那条狗了。与此同时，院子的大门被关上了，还有人在门上加了一条粗粗的铁链，看样子今晚这伙人不达目的是绝不会罢休的。

炼金术士心想，守门人斯塔斯财迷心窍，居然干出这样的勾当，迟早会遭报应的。

忽然间，楼底下传来一阵痛苦的惨叫声。不好，难道沃尔夫受伤了？当然不是，发出哀号声的是那个去对付沃尔夫的坏人，狼狗沃尔夫打赢了那人，而且毫发无伤。真是大快人心啊，克鲁兹心想。

被狗咬伤的人噔噔噔跑到楼梯脚下，压着声音对带头的喊："这狗太凶了，简直没办法靠近它，刚一过去就把我的腿给咬了，疼得我差点晕过去！"

"你们三个一起上！"领头的人指使着手下。

话毕，院子里又爆发了一场混战。沃尔夫疯狂地嗥叫着，一阵阵嗥叫声中时不时还掺杂着人的惨叫声，让原本就夜黑风高的夜晚变得更加恐怖。约瑟夫从床上爬起来打开房门，举起烛灯对外边嚷了两句："沃尔夫，沃尔夫！"接着，炼金术士再没有听见约瑟夫的声音。这孩子也许被他们用东西塞住了嘴，讲不出话了。

炼金术士推测得没错。约瑟夫一出房门，团伙头子就一个飞身扑过去控制住了他，然后熟练地往他头上套上一个大布袋子。一切就在眨眼间发生了！那个人立即冲着楼下大喊："要找的人在这间屋子里，快上来点人帮忙！你们四个去大门口把风，你们四个守住楼梯口，别让任何人下楼，剩下的人全跟着我上！"

克鲁兹借着微弱的灯光看到，歹徒头目脸上有一块纽扣一样的疤痕。"看这来头有点像是鞑靼人，但样子又长得像哥萨克人。他脸上的疤显然是在一场瘟疫中留下的，想必他来自遥远的东方吧。"克鲁兹抽丝剥茧，试图推测出这人的来路。这次又让克鲁兹说中了，来者确是臭名昭著的纽扣脸彼得和他的同伙。

彼得带着三个手下眼也不眨地闯进了安德鲁的住处。炼金术士随即听到女人的尖叫声，接着又响起东西被摔碎的声音，似乎那个女人被他们狠狠地摔在了地上。然后，砸家具、撕垫子、翻箱倒柜的杂音不断传来。克鲁兹心想，这帮歹徒好像在找什么东西。此时，安德鲁家的门开了，克鲁兹把屋内的动静听得一清二楚。

"搜搜床底下。"彼得敦促着。

安德鲁和他妻子平时就睡在房间中央的那张大床上。歹徒们举起利剑把这张床砍开，又是撕枕头，又是拆毯子。整个床铺被砸得七零八落时，彼得终于翻出了自己要找的东西。

"就是那个藏在衣服下面的大包裹！"彼得边大喊边过去拿包袱。他左手拿剑，一层层割开包在外面的布料，直到藏在里面的东西露出来为止。彼得和手下们带着东西兴高采烈地往院子外走。就在此时，传来一个刺耳的声音："金子！你答应我有金子拿的！"

"不知死活的东西！"彼得闻声猛地转身，举高灯笼，对着斯塔斯咬牙切齿地喊，"好，我给你金子！来人！把他给我拖下去喂狗！没死的话，我就给他金子！"彼得一声令下，他的两个手下立即抓住了斯塔斯，可没想到斯塔斯拼命挣脱了，情急之下一头躲进了房间里。第三个手下见状，马上过去拦住了斯塔斯，刚才那两个喽啰追了上来。弱不禁风的斯塔斯哪里是这等人的对手，一时懵了头的他被掀翻在地的桌子绊倒，摔了个四脚朝天。为了自保，倒在地上的斯塔斯死命乱踢，又张开嘴咬人，一通乱打。彼得忍无可忍，放下好不容易得来的宝贝，想亲手解决这个烦人的家伙。他的手下们眼见头儿要亲自出马，很识相地松开了手。

正当彼得大步流星地走过来时，斯塔斯发现身边放着一盏灯笼，他突然灵机一动，一脚踢飞了地上的灯笼。灯笼落回地上的时候撞开了房间的门，蜡烛跟着飞了出去。斯塔斯趁机摆脱了彼得的手下，朝门口逃走，可还没来得及走出房门，又被另外两个歹徒给拦了下来。然而，楼上的小女孩目睹了这一幕，吓得失声尖叫。整个场面已然失控了。

"见鬼了！"彼得放开斯塔斯咆哮着，"本来很顺利的一件事，怎么搞成这个样子！不是孩子的尖叫声，就是遇上傻瓜扯后腿。动作麻利点！拿上东西，马上走人！"

彼得摸黑向安德鲁的床边走去，不一会儿就找回了那件梦寐以求的宝贝。就在这个时候，一道炸雷从天而降，划过他的头顶，门口出现了道可怕的红光，把所有东西照得通红通红的。

第十章　恶魔出手

受惊过度的彼得赶紧追出门去看个究竟，谁知眼前的一切吓得他目瞪口呆！只见阁楼的小窗户开了，从里边接连飞出好几个火球，骇人的火光映红了漆黑的夜空，整个院子也被照得很亮，同时还伴随着轰隆隆的爆炸声。彼得发现，不止是自己胆战心惊，无论是守在楼梯口的四个人，还是在门口望风的人，个个都一脸惊愕。那几个抓着斯塔斯的人本能地松开手往后一退，斯塔斯自由了。此时，他也顾不得多想，跟跟跄跄地先溜下楼来。

说起打架斗殴，彼得天不怕地不怕，比谁都敢拼敢杀。但是，面对这样的灵异天象，彼得像被施了定身术一样，站在原地一动不动，他胆怯了。然而，作为小黑帮的头目，他不能在手下面前失了威信，所以努力掩饰自己内心的恐惧。浑身哆嗦着的彼得鼓起勇气从二楼跑上三楼，刚到三楼，又看到一个炸弹般大的火球腾空而起。

"老大，快下来！别去！"手下们在楼下嚷嚷着。

"全给老子上来！有什么好怕的？"彼得淡定地一声令下。

"那可是魔鬼啊！"

彼得在黑暗里挥舞着自己的哥萨克弯刀，示意让楼下的人上来帮忙："赶紧上楼！瞧你们这副怂样！再不上来，小心我把你们撕成两半儿！我再说一次，快上来！"他说话时的神情狰狞极了，喽啰们担心惹火烧身，只好跟了上去。在上楼前不停地在胸口画十字，祈求上帝保佑他们。

"老大，我们已经拿到宝贝了，撤为上策啊！那可是地狱来的恶魔啊，咱们肉身凡胎的，打得赢吗？"彼得身边的人颤抖着说。

"一派胡言，这世上哪里有魔鬼！"彼得彻底怒了，"阁楼里没有魔鬼，是人在作怪！他在发求救信号！如果不干掉他，恐怕我们会被全城通缉的，下半辈子不想蹲监狱的，都给我上！"

"你上！"彼得顺手将旁边的手下推了上去，"你先去看下屋里的情况。"

那人笃信世上有一股神秘的黑暗力量，一下慌了神，但碍于彼得的威慑，只好硬着头皮颤颤悠悠地摸上楼。

"门开着呢，屋里黑灯瞎火的。"他低声向彼得报告。

"那就进去啊，怕什么！屋里只有一个大活人，拿上你的刀杀了他，然后快点下来！"

其余几个手下壮着胆子走进阁楼。但是隔了半晌，屋子里一点动静都没有，彼得开始不耐烦了。他爬上阁楼，对着阁楼门口吼："人找到了吗？"

"什么都没发现啊！"一个微弱的声音从阁楼一角传了出来。

"无论如何都要把这搞鬼的人揪出来，否则我们可就麻烦大了！"彼得冲着无能的手下一声怒吼，他的声音穿透了整个黑漆漆的阁楼房间，却没有人应声，这实在是太诡异了！彼得话才刚刚说了一半，又有一团犹如闪电般刺眼的火球喷射而出，火红的光影中突然跳出来一个浑身冒火的身影——恶魔使者出现了！他裹着烈焰长袍缓缓走来，发出一股股刺鼻的硫黄味，幽幽绿火嗞嗞嗞地从袍子表面往外冒。使者右手挥舞着幽冥魔杖，不断蹦出星星点点的小火球。

试问这世间有几个人见过魔鬼的真面目呢？哪怕是彼得和他的手下这样的凶徒，遇到这档子事也彻底吓蒙了！在魔鬼面前，就连大名鼎鼎的"恐怖波格丹"也失了方寸，歇斯底里地又喊又叫："快跑啊！魔鬼来索命啦！"

他的手下们更是没了主心骨，连滚带爬地往楼梯方向逃去。恶魔使者丝毫没有放过他们的念头，一刻不停地挥动着手中的法杖，一个接一个的火球飞向这些暴徒，他们唯恐死在恶魔杖下，都想先人一步逃离魔掌。有两个人堵在门口互不相让，结果双双踩滑一起摔下了楼，那样子可狼狈了。还没等他们翻身坐起来，第三个人就像叠罗汉一样，直接摔在那两人身上。

然而，到了危急关头，贪婪的彼得还是不死心，他壮着胆子朝恶魔使者冲了过去："管你是人是鬼，我倒要看看你有多少能耐！"使者一个闪身避开了彼得的剑，顺势挥动法杖——彼得中了魔鬼的诅咒，捂着脸哇哇大叫，好像是被什么东西伤了眼睛和喉咙："快来救救我啊！你们这帮胆小鬼，我被魔鬼抓住了！"彼得一边惨叫一边呼救。

大难临头各自飞，他的手下们早已扔下彼得抱头鼠窜。彼得跌跌撞撞地摸下楼，生怕身后的恶魔取了他的小命。恶魔使者果然没有罢手，跟着他们缓缓而行，使者对着天空放出七彩火球，这些火球在院子上空炸开，绽放出阵阵彩光。

院子里已经乱成一团。狼狗沃尔夫挣脱了套在它头上的袋子，开始狂吠不止。那帮歹徒们也都被吓得像丢了魂儿似的，鬼哭狼嚎着逃开了，把彼得下的命令忘得一干二净。约瑟夫趁机奋力解开了捆住腿的绳子，猛踢家里的隔墙木板，试图求救，而埃尔兹别塔站在楼上哭着喊着搬救兵。住在左邻右舍的邻居们全被吵醒了，纷纷伸出头来围观。走在街上的好心人察觉情况不对，大声呼叫巡夜士兵来解围。俗话说傻人有傻福，怪人斯塔斯总算逃脱一劫，但不知何故，他死命地拉动着挂在门口的铃铛。

从三楼逃下来的三个匪徒和守在二楼的四个人撞在了一起，险些坠下楼，几个人来来回回拉扯半天，好不容易站稳脚跟，那原本就摇摇欲坠的楼梯再也无法承受这么多人的重量，"轰"的一声彻底塌了！楼梯上的所有人全部摔下院里，现在楼底下的情况更是乱上加乱。走在后面的彼得敏捷地抓住了安德鲁家的门槛，才没跟着跌下去。他悬挂在半空中，琢磨着下一步该怎么办，猛然发现浑身是火的恶魔使者正走过来，立马准备往院子里跳。说时迟那时快，彼得刚摆出跳跃的动作，使者便双腿一蹬，从残缺的楼梯上一跃而起，扑在了他的身上，两人扭打在一起滚进了安德鲁家的门厅地板上。

整个院子一片狼藉，人仰马翻。现在与其说这里是住人的地方，倒不如说真是恶魔云集的地狱：垮塌的木板散落在院子的每一个角落，尖叫声、哭喊声、痛苦的呻吟声此起彼伏——那两个被楼梯碎片砸伤的人痛得惨叫不止。守在大门口把风的四个人也担心被闻讯而来的巡逻兵追捕，早就作鸟兽散，溜之大吉了。

不得不说这是一场智慧与蛮力的较量。危机时刻，炼金术士巧用化学物品和粉末制造出奇异的幻象，他手里挥着的法杖原来只是涂满荧光树脂的木棍而已，可那些愚昧的流氓恶棍们真以为他是恶魔的化身，个个吓得屁滚尿流。克鲁兹走到瘫坐在地上的彼得面前，逼问道："事已至此，你还是老实交代吧，带一帮人过来到底想找什么？"

彼得一听，这哪里是什么魔鬼，原来是个活生生的人啊，整个人又开始强硬起来。

"凭什么告诉你？"

"快说！"

"没门儿！"

"那就让巡逻兵来审问你，看你能拧到什么时候！"

"随便你，休想从我嘴里套出半个字！"

"那就让我看看你的真面目吧！"

说完，克鲁兹一手掐住彼得的喉咙，另一只手小心翼翼地从长袍底下拿出一个火球，在地上来回摩擦两下，扔进了旁边的石壁炉里，火球瞬间爆发出炙热的光芒，照亮了安德鲁家的房间。不过，克鲁兹没有在第一时间辨认彼得的脸，反而望向了掉落在不远处的大圆球——它散发出用上千棱镜才能折射出的璀璨光辉。

"噢！原来你们找的是这件东西啊！强盗先生，你在办桩大买卖吧，这可不是平常人家能有的珍品。别乱动！否则我真会捏断你的脖子！"炼金术士目不转睛地看着那个光球时，彼得试图溜到一边去，却没得逞。

"说，谁派你来的？"克鲁兹的注意力转回到彼得身上，可彼得依然缄口不言。

"听见楼下的声音了吗？劝你乖乖地招了吧。"

此时，巡逻兵已经赶来制止暴力抢劫事件："以国王的名义命令这里所有人，站住不许动！"

可是，狡猾的彼得哪有那么容易就范呢？当他认定站在他面前的是一个有血有肉的凡人时，就吃下了定心丸，继而又生起了歹念。

"我可以跟你讲实话，但你必须先把我藏起来，帮我躲过官兵。"

"痴心妄想，快点把你知道的说出来！"

"看见那东西了吗？"彼得使劲抽出手指向地板上如同夕阳般火红的玻璃球。

"这玩意儿什么来头？"炼金术士漫不经心地瞟了一眼说。彼得趁克鲁兹走神的瞬间，猛地掰开了掐住他脖子的手，和克鲁兹扭打起来。哥萨克人天生体格强壮，身手敏捷，行走江湖的彼得还曾在乌克兰学过格斗术，文质彬彬的炼金术士根本不是他的对手。从一开始，彼得就占了上风，他们二人在地板上滚来滚去，撞断了桌腿，又摔碎了架子上的陶器，最后一起撞在墙上。彼得一个翻身用双腿锁住克鲁兹的身体，腾出双手压制他的肩膀和手，克鲁兹彻底被彼得控制了。彼得用力越来越猛，使得克鲁兹全身的骨头都开始咔咔作响。紧接着，彼得猛地一拽，瞬间把克鲁兹死死压在身下，抓起他的头往地上用力一磕——炼金术士立马晕了过去。可是，彼得还是不解气，他铆足力气拉起昏迷不醒的克鲁兹，重重地把人摔到墙上。文弱的克鲁兹已经被打得失去了知觉，倒在墙角一动不动。

彼得像一只黑豹那样击败了对手，抱起抢来的宝贝夺门而出。

然而，这一切全是炼金术士克鲁兹营造出来的假象，他成功骗过了四肢发达、头脑简单的哥萨克人。就在刚才被彼得抓头撞向地面时，他摸出面具为自己挡了一下，减缓了冲击造成的伤害，其实他并没有晕过去。在彼得冲出门的那一秒钟，他机敏地从口袋里掏出一个小炸药包，往地上一擦点燃引线，对准彼得的后脑勺用力砸了过去。炸药包不偏不倚地飞了过去，在彼得头顶上"砰"的一声炸开了。

突如其来的爆炸声惊动了院子里的人，所有人一脸惊愕地朝二楼看去。二楼的小房间火光冲天，还伴随着阵阵撕心裂肺的惨叫声。紧接着，他们亲眼见到一个全身带火、头发冒烟的人从安德鲁家逃了出来，大步朝着楼上冲去。顺着还未坍塌的楼梯爬上三楼，火人彼得瞄了眼楼下的状况——学生、巡逻兵和士兵把院子围得水泄不通，这回可真是插翅难飞了。狼狈不堪的彼得急中生智跳上阁楼，抓住屋檐爬上了屋顶，借着邻居楼上的屋顶逃跑，从这个屋顶跳到另一个屋顶，又从另一个跳到更远的屋顶，直到他觉得甩掉了追兵以后，才顺着一堵斜墙滑到地面上。彼得那着火的头发在奔跑中随风起舞，留下一道红红的花火，犹如流星飞过一般。

院子里的人对此束手无策，七嘴八舌地推测彼得跑到哪里去了。有人说他翻墙跳进了修道院的花院，也有人说他是假装跳下了楼，其实现在还趴在屋顶上掩饰自己的行踪。但不管怎么说，彼得已经跑得无影无踪了。

虽然人跑了，院子里还有大量善后工作需要完成。巡逻兵们全力搭起了个临时楼梯，把困在二楼的安德鲁太太和约瑟夫母子二人，以及受到过度惊吓的埃尔兹别塔救下楼。而炼金术士克鲁兹弄得浑身是血，已经独自回到自己的屋里了。他摘下面具，除去脏兮兮的袍子，栽倒在床上，酣然入梦。第二天早上安德鲁下班回家后仔细查了一遍，发现家里收藏的宝贝不见了。可是，半夜在场的目击者纷纷表示，暴徒逃跑的时候，什么也没能带走。邻居们帮着安德鲁把整栋楼翻了个底朝天，还是没有任何发现。安德鲁认定东西是被暴徒们抢走了。

彼得的一些手下被塌下来的楼梯压住，身受重伤，再也没有力气逃跑。这群人通通被官兵逮捕，扔进了大牢。他们有的被囚禁在地牢，有的被押送回有前科记录的城镇接受审判，还有两个更倒霉的被流放出境，要九十九年之后才能重返故土。然而，无论这些匪徒受到什么样的严刑拷问，他们都众口一词，纷纷表示不知道彼得和那位安德鲁先生结下了什么梁子，也不知道为什么彼得紧咬着安德鲁一家不放。至于那个背信弃义的守门人斯塔斯也难逃世人的唾弃，他的母亲把他扫地出门，就当这辈子从来没生过这个儿子。后来，有传言说，斯塔斯在金象旅馆打工。有一天晚上，斯塔斯偷走客人的财物，离开了克拉科夫城，再也没有回来过。

那一晚，克鲁兹和凶恶的罪犯们斗智斗勇，已经疲惫不堪了。可是在第二天见到安德鲁时，他还是把彼得夜袭居所的事原原本本地告诉了安德鲁。还没等他把话讲完，安德鲁就气得跳起来，一拳打在椅背上泄愤。

"我就知道是这无赖！"安德鲁勃然大怒，"他已经袭击过我两次，混账东西！乌克兰人称他为'恐怖波格丹'是有原因的。我耳闻过他许多恶行，他的这些勾当在乌克兰是街知巷闻的，恐怕也只有他才干得出这样无耻的事情。他就是一个彻头彻尾的冷血恶棍，世上没人像他那样胆大妄为！要不是想到纽扣脸常年在边境一带活动，那天在城门外被他缠上时，我就该有所警觉，因为他的脸上就有块非常明显的疤痕，这可是纽扣脸彼得的标志啊！"

失去珍宝的安德鲁越说越心痛，决定还是先回房修理被哥萨克暴徒们毁坏的家具。

第十一章　夜袭教堂

秋去寒来，乌克兰进入了冰天雪地的冬季，人们为了生计骑着小马驹儿东奔西走。鼻子尖尖的小马跑累了，就一头扎进厚厚的雪地里，啃着盖在雪下的干草。这年冬天，纽扣脸彼得落荒而逃的事情传得是街知巷闻，甚至连邻国的百姓也听说他的头发被烧光了。纽扣脸从此有了新的名号——焦毛波格丹，这对他来说简直是奇耻大辱。每当彼得回忆起那晚的经过，就感到无比沮丧。自尊心受到重创的他意志消沉，销声匿迹了好几个月，一直到养好了脸上的烧伤，重新长出新发，才敢在酒馆里露面。在这段时间里，彼得也没闲着，他亲自去了趟俄国，私下面见了伊凡大公。他对此事只字未提，再说也没人有胆问他具体的经过。

几个月时间一晃而过，现在是1462年的3月，春天来了。第聂伯河两岸安定祥和，没有受到鞑靼骑兵的滋扰，也不见迁移的部落群。可是，就在这一年的春天，纽扣脸彼得准备好卷土重来了！他带着一班凶残成性的乌合之众招摇过市，重新做起杀人放火的勾当。他们洗劫了平原小镇罗夫诺，又跨过布格河袭击海乌姆。他们还在卢布林的森林里建立起了帮派大本营，到处烧杀掳掠。每当有军队奉命来围剿他们时，他们都能提前收到口风，躲进沼泽地里，上演金蝉脱壳的把戏。

彼得一开始是不愿意重操旧业的，因为他还要处理一件更重要的事情。

然而，他的部下们可不是什么善男信女，几乎每个人都对打家劫舍的事情乐此不疲。不过，来到塔尔诺夫后，彼得终于说服了手下。他找来手推车和马匹，命令他们乔装成商人的模样。就这样，强盗团伙摇身一变，成了贩卖地毯的亚美尼亚商队，驾着车，骑着马，浩浩荡荡地向欧洲最大的贸易城市克拉科夫出发了。到了那边，他们在纺织会馆东侧的广场上扎起营地，搭好摊子。

全克拉科夫城找不出比安德鲁还要伤心的人了，因为他平白无故地弄丢了要献给国王的宝贝。这件事曝光之后，安德鲁一家也引来不少人的嫉妒，毕竟他们家丢的可是件价值连城的国宝啊！安德鲁身边少有的朋友们也纷纷前来安慰他。学者扬·坎蒂听说安德鲁的遭遇后，特地前来开导安德鲁和他的家人；乖巧的埃尔兹别塔十分贴心，想尽各种办法分散安德鲁的注意力，尽量帮他淡忘这件事。但即便如此，每当安德鲁一个人在高塔上值班时，还是会忍不住想起那天的事情，顿时心乱如麻。

约瑟夫看穿了父亲的心思，所以只要他一有空就会陪父亲值夜班，有时一待就是一整夜，等到天蒙蒙亮时才回家。他偶尔替父亲守夜，每隔一小时便会敲响大钟，吹四遍《赫纳之歌》，接着站在高塔窗边向外瞭望，观察火情。约瑟夫的吹号技术每天都在进步，现在他的《赫纳之歌》已经吹得和他父亲一样出色了。

彼得带着他的商队进城扎营那晚，约瑟夫照旧陪着父亲上塔值班。晴朗的夜空中满月高挂，教堂高塔的影子被拉得很长很长，一直延伸到好几个街区以外。在教堂大门前，有一个提着灯笼、手拿长戟的守门人在那里来回巡逻。每当他听到钟声响起时，就会出来看看外面有没有什么风吹草动，这是他长久以来养成的习惯。

纽扣脸彼得一直躲在一辆马车上窥视着广场对面的教堂。刚过凌晨一点时，他决定开始执行计划。"迈克尔，迈克尔，快过来！"他压着嗓子发号施令。迈克尔熟练地从马车上滑了下来，走到彼得面前听候差遣。此时，他已经脱去了假扮亚美尼亚商人时戴的圆型头巾和斗篷，身穿一件皮衣，头戴皮帽，脚下踩着一双厚厚的凉鞋——在乌克兰，他的名号无人不晓，迈克尔就是人们口中的"毒蛇"。

毒蛇迈克尔果然是人如其名。接到彼得的进一步指示后，他匍匐在地上，从十几辆马车底下钻了过去，溜到教堂墙边，以市场一角的大树为掩护。他藏在那里等着教堂守门人从大门口经过。

不一会儿，守门人从教堂的阴影里走了出来，他手里提的是映出星型光影的灯笼。按照习惯，他先走到通往号手塔楼的楼梯口，确认小门紧锁，然后打了一个哈欠，百无聊赖地用手里的长戟戳了戳石子路。毒蛇迈克尔在不远处细细打量着守门人：他是个年过半百的中年男人，戴着一个尖顶的锈头盔，身穿一件皮袄，上面罩上一套做工粗糙的轻锁子甲，一直垂落到他的膝盖以下，看起来就像是带有尖刺裙摆的过膝裙装，腰身以上的护甲覆盖了双臂和脖子。甲衣外面还套了件皮革背心，腰间系着一根皮带，上面别了把短剑。在他的肩头上缠绕着另一根带扣的皮带，这是用来挂长戟的。既能帮助自己保持平衡，又可以防止自己被武器伤到。

守门人从教堂前面绕向南面，反复查探街道和广场上是否有形迹可疑的人，确认没有问题后，转身走进了旁边的墓园。这天夜里，皎洁的月光洒在古老的墓碑上，守门人在一座墓碑前蹲下身，开始在胸前划着十字，似乎是为打扰亡灵安息而祈求宽恕。祷告完毕后，他从腰包里取出一块干得发硬的面包和一大块肉，坐在地上大口吃了起来，丝毫没有察觉到危险正在逼近。

维护教堂安全从来不会危及个人生命，所以守门人这个职业是非常安全的。再坏不过就是当一些宗教节日到来时，会遇上几个调皮的孩子故意捉弄守门人，仅此而已。孩子们太容易打发了，小偷也很少光顾教堂。要知道，在那个迷信的年代，墓地里的鬼神也足以震慑住盗贼。退一万步讲，这高塔顶上的号手随时关注着城市里的动静，更有士兵按部就班地在大街上巡夜，维持城市治安。这么多年来，守门人反复干着同样的工作，做着和今晚一样的事情，又怎会料到自己将要大难临头呢？

"哎，生活就是回归安宁啊！"守卫打着哈欠说。

毫无戒备之心的守门人万万没有想到，在他身后正藏了一个图谋不轨的人。迈克尔趁着守门人背对着自己的机会，从广场溜进了门柱的阴影里，然后贴着墙根儿，一步步朝守门人身边移动，直到距离守门人坐的墓碑还有几码远的地方，才驻足观望。片刻之后，迈克尔像老鹰叼鼠一样，对着守门人猛扑过去，疏于防备的守门人甚至没来得及反抗就被按倒在地。迈克尔行事果断，灵巧地用围巾堵上了他的嘴，以免他大声呼救，再从皮衣里抽出一捆粗绳绑住守门人的腿脚——这是一次伏击行动，作为先锋的迈克尔不想提前败露自己的行迹，于是先暂时留住守门人的小命，要照迈克尔以前的作风，他保准手起刀落，一剑割破守门人的喉咙。

毒蛇迈克尔从守门人的皮背心下搜出一把巨大的钥匙，拿在手里看了看，就揣进了自己的腰包，又紧了紧捆绑守门人的绳索，然后按原路返回车队向彼得复命："看门的已经被捆在墓地里了。这把是塔楼小门钥匙。"

躲在马车背后的那些小偷和盗贼们听从彼得的吩咐，通通换上了皮衣皮帽，穿上长筒袜和高筒软靴。彼得召齐人手前往教堂执行秘密任务了。

广场营地与高塔所在的教堂相距不远。彼得猫着腰走在最前面，整队足足有十二人，轻手轻脚地在黑夜中摸索着前进。很快，他们就来到了高塔底下。

"大家跟紧点，"彼得叮嘱道，"上楼时看清脚下的楼梯，不要踏空啦。今晚那小鬼肯定也在，所以一定要听我指挥。我发出信号后，你们一起冲上去抓住安德鲁两父子。"说完，彼得用毒蛇迈克尔抢来的钥匙打开了通往吹号手房间的小门。楼道的空间实在太狭窄了，魁梧的彼得不得不弯着腰往上爬。"动作轻点，小心被发现。后面的，别掉队！"他命令道。

没过一会儿，所有人全部走进了高塔。最后一个进门的人还小心地关上了铁门，这样即使有官兵在附近巡逻，也不会发现任何蛛丝马迹。彼得一边吃力地爬楼，一边轻声提点手下："今天的任务毫无难度，就是关起门来抓兔子。但一定要注意，不能让他们两人有机会拉响高塔上的钟，否则全城的人都会晓得出事了，到时我们可就倒大霉啦，懂了吗？所以我们必须迅速制服他们！"

为免打草惊蛇，这伙人蹑手蹑脚，一步步摸着踩上楼梯，尽量不发出任何异响。爬了很长一段楼梯后，彼得突然停住脚步，示意后面的人说："注意，前面有光。"

光线是从吹号手的房间透出来的。此时，彼得透过虚掩着的门缝隐隐约约听到约瑟夫说话的声音："爸爸，你去睡会儿吧！这里有我看着呢。我保证每隔一小时吹奏四次《赫纳之歌》。这里有沙漏计时，所以我不会看错时间的。"

彼得窃窃自喜："这两人都待在屋子里啊，真是天助我也！先把安德鲁捆起来，剩下个孩子，一切都好办了。那小鬼一定知道宝贝藏哪里了，让他给我引路。"

约瑟夫拿出羊皮卷摊在房间里的桌子上，借着微弱的烛光仔细读起乐谱。忽然，他听到门外传来一阵声响。他警觉地转身查看，刚好三个陌生人破门而入，让他猝不及防。其中一个冲过来紧紧抱住了手无缚鸡之力的约瑟夫，另外两个蹿到小床边合力把刚要起身的安德鲁按倒。

这时，第四个人出现在了吹号手房门口——他就是纽扣脸彼得。他双手叉腰，沾沾自喜地看着眼前的安德鲁父子："哈哈，两位音乐家，我们终于又见面了！这回你们还能像上次一样幸运吗？你们应该知道我为什么会出现在这里吧？"

看到彼得那张狰狞的面孔，约瑟夫怕得直哆嗦。他想起第一天抵达克拉科夫城门口时发生的那一幕，以及面前这个人还曾经煽动市集上的城民围攻他们一家人。不仅如此，他还认出了彼得的声音，那晚到家里抢东西的就是这个人。不过这时，约瑟夫心里也在纳闷，既然坏人已经拿走了宝贝，为什么还要冒着被抓的风险再跑回来呢？难不成是想找他们报仇？想到这里，约瑟夫开始惶恐不安，不由自主地画了个十字祈祷。吹号手房间在高塔的顶端，要是从这么高的地方把人扔进后面的墓园里，估计天亮后才会有人发现他们的尸体。

安德鲁十分镇定地看着这四个人，他沉着地回答彼得说："我不知道你们的来意。我已经知道你的身份，你是那个纽扣脸彼得，或者说是恐怖波格丹。那天早上在城门口怎么没把你认出来，这太奇怪了。"

彼得压根儿不在意安德鲁后面说的那些废话。然而，安德鲁那句"不知道"深深刺进了他的心里，气得他暴跳如雷。"你敢说不知道？骗子！你以为我什么都不知道吗？"彼得举起烛灯凑到安德鲁面前，没好气地说，"早就告诉过你，只要是我看中的东西，我绝对会不惜一切代价得到它。只要我动一动手指，我手下的人能让你生不如死。你要想少受点苦，就老实交代塔尔诺夫大水晶球到底藏哪儿了！"

约瑟夫听到这个名字惊得跳了起来。他心想："把我们家弄得东躲西藏的东西就是这个塔尔诺夫大水晶球？父亲就是为了它寝食难安，这颗水晶球究竟有多贵重啊？如果是一颗钻石或是珍贵的宝石，或许能勾起人的贪念，可这水晶球凭什么能让所有人为它大打出手呢？"约瑟夫从小在乌克兰长大，所以他很清楚，在乌克兰的山脉里，满是这样的水晶球，自然也见怪不怪了。难道，这颗水晶球有什么特别之处吗？

"水晶球的下落你可比我更清楚！"安德鲁反驳道，"自从上次你带人袭击了我家，我就再也没见过水晶球。你要是没拿，我更不知道去哪儿了！"

"总不能平白无故地消失了啊！"彼得半信半疑，"你在睁着眼睛说瞎话啊！东西肯定还在你手里，我有的是办法把它找出来！迈克尔，你过来。

带这小鬼回他住的地方，记住拿刀架在他脖子上，小心他耍滑头跑了。我会在这里守着安德鲁。如果十五分钟内你们没有回来，我就送这波兰人去见上帝！"

迈克尔刚刚领命准备出发，彼得又心生一计："等等，你还是留在这里，帮我盯着这老东西。保险起见，我得亲自走一趟，仔细搜查他们家。这孩子若是敢乱带路，或是想逃跑，我就直接杀了他。如果我没按时回到这里，就照之前的计划杀了安德鲁灭口。"

不知何故，哥萨克人彼得坚信水晶球还在安德鲁手里，所以他认为安德鲁要想保住他和儿子的命，肯定会就范。可是，任凭他们如何威胁安鲁德，对方始终否认水晶球在自己手上，实在令人费解！难道那晚他逃跑后，又发生了不为人知的事情？从丢了水晶球到他翻上屋顶溜走，只不过短短几分钟时间啊！彼得思前想后，还是认定安德鲁在骗他。既然父亲不肯说真话，那就在他儿子身上下功夫。约瑟夫如若知道父亲的命危在旦夕，一定愿意用水晶球来换他父亲的命，他和他的母亲必定想尽办法把水晶球找出来给彼得。此时彼得的大脑飞速运转着，他又想到倘若安德鲁没有把宝贝藏在家里，而是放到了其他地方，自己岂不是还要回来拷问安德鲁套消息吗？

就在彼得手下把约瑟夫送到他面前时，他突然说："你先看着这孩子。时间沙漏快走到凌晨两点了，他们如果不准时鸣号，会引起其他人怀疑的，到时候巡逻兵前来查探，事情就不好办了。你，小鬼，我知道你也会吹号，你是不是好奇我是怎么知道的？告诉你，我可是大名鼎鼎的纽扣脸彼得，城里到处都有我的眼线呢！在我们出发去找宝贝前，你先去墙上取下一只号。哦，不，你先到我这儿来。"

彼得拉着约瑟夫走到房外挂钟绳的地方，守在约瑟夫旁边说："你先拉两下钟绳，再去拿小号对着四个窗口吹奏《赫纳之歌》。"

彼得一刻不离地监视着约瑟夫，手里还握着把明晃晃的匕首指着他。约瑟夫没敢吱声，乖乖地照彼得的吩咐拉了两下钟绳。

"下面该去吹号了，别耍小聪明，知道吗？"

约瑟夫回到号手房，拿起了小号。这时，他脑子里浮现出当年那位年轻的号手，那个镇守高塔、临危不惧的勇敢号手。没想到，这位烈士的事迹给惊慌的约瑟夫注入了无限的勇气！约瑟夫不再害怕了，身上只有波兰人天生的高贵品质——忠实与勇敢。他将小号伸出西面的窗口，吹奏起《赫纳之歌》。就在此时，他灵光一现，想起之前与埃尔兹别塔之间的约定——身陷危难时找机会吹完一整首圣歌！但愿埃尔兹别塔还没忘记这个"玩笑话"。

约瑟夫想到这里，心里不由得升起一线希望。这时才凌晨两点，埃尔兹别塔应该还没睡下，因为她知道约瑟夫会在这个钟点代替他父亲吹号。如果自己真多吹奏几个音符，埃尔兹别塔应该能察觉到事情不对劲吧？接下来她会怎么做呢？跑去找埋头做实验的叔叔？不不不，这不大可能。他叔叔一定会取笑她胡思乱想。但是，这大半夜的，她一个女孩子敢出门找扬·坎蒂吗？要是她真去了，学者扬·坎蒂能不能带着卫兵及时来解救他们呢？约瑟夫的直觉告诉他，就算交出了水晶球，彼得还是会杀人灭口。

不过，约瑟夫的计划能不能成功，还得看彼得这恶棍的知识有多丰富！纽扣脸知不知道鞑靼人射杀吹号手的故事呢？他又清不清楚不吹完整首《赫纳之歌》的原因呢？当然，他要是不知道，那再好不过了。"愿上帝保佑彼得不知道这件事。"约瑟夫嘴里不停地祷告着。

站在一旁的彼得显得很不耐烦，催促约瑟夫吹响圣歌："别磨蹭，快吹啊！"

约瑟夫觉得这一幕有一种似曾相识的感觉。塔外的一切全都变了样，仿佛置身于那年鞑靼人入侵时的画面：精美的石头结构房屋变成了木头搭的房子，整个克拉科夫城被熊熊燃烧的火焰吞噬了。身材矮小的鞑靼人骑着马在城市的街道上横行施暴。教堂的高塔下来了一个鞑靼人，他翻下马背，取出铁箭搭在弦上，然后猛地一拉——箭"咻"的一声飞了出去。

此时此刻，约瑟夫就像是小勇士那样坚守着吹号手的岗位，他认真地吹着每一个音符。彼得对号手吹奏的圣歌非常熟悉，至少到现在为止，他没有听出异样，所以在一旁满意地点着头。在吹到最后几个音符时，约瑟夫紧张得手心直冒汗，心脏跳得快要蹦出来了，他犹豫了片刻，鼓足勇气在停止的音符后面多吹出几个音，彻底完成了整首曲子！约瑟夫心想自己肯定活不了了，心里一慌，手里的小号滑落到了地上，张皇失措地盯着纽扣脸彼得。

似乎彼得真没有意识到这支曲子和平时吹的有什么不同，还在那里不停地点头！"太好了！没被他发现！"约瑟夫终于松了口气，淡定地走到另外三个窗口，照刚才的方法吹起圣歌。

"现在该去你家拿东西了！"

彼得一边拽住约瑟夫的手臂，一边命令手下看好安德鲁，然后强行把约瑟夫拉到自己前面，逼着他下楼。出了门口，他们来到了安静的广场上，那里空无一人。接着，走进了阴影里，往大学方向去了。这一路上，彼得为自己周密的计划而自鸣得意。他边走边环顾着周围的环境，他已经想好了——水晶球到手之后，马上找个安静的小角落杀死约瑟夫，再回高塔处置安德鲁。如此一来，今晚的事就神不知鬼不觉了！等到了明天，再吩咐手下们乔装成亚美尼亚商队，护送宝贝出城！这计划简直是天衣无缝啊！

第十二章 两小无猜的约定

约瑟夫父子出事的那晚，从炼金术士克鲁兹家门口走出来一个小女孩，悄悄跑到了楼下的安德鲁家门口，轻轻敲着门。不一会儿，门开了，约瑟夫的母亲隙开一条门缝，警惕地瞄着门外的情况。

"原来是你啊，快进来！"安德鲁太太见到埃尔兹别塔，马上就笑逐颜开。她一边把沉甸甸的门闩插好，一边关心埃尔兹别塔："今晚怎么来得这么晚啊？那个学生特林又来找你叔叔了吗？还是家里有其他事耽搁了？快来桌边坐一坐，和我聊聊天，我手里还有最后一点针线活没做完。"

"对，特林又来了！他现在正和我叔叔在阁楼上呢！"小女孩忧心忡忡地说，"今晚他们在楼上讨论更古怪的事，我真的有点被吓到了。"

"要是害怕，今晚就住我家吧。你叔叔作为一名学识渊博的学者，每天和特林这种学生混在一起，确实让人不安心。特林这个人有着年轻人不该有的老成，打我第一眼见到他那黑乎乎的眼睛起，就知道他一肚子坏水。"

"太好了，那我就留下啦！妈妈。"埃尔兹别塔毫不犹豫地接受了安德鲁太太的建议。这几个月的短暂相处，让埃尔兹别塔和安德鲁太太建立起了一种母女一样的情感，"其实我怕的不是特林，是我叔叔。最近几个礼拜，他的行为太反常了。自从上次强盗闯进家里抢东西之后，叔叔他彻底变了一个人。"

"我也看出来了。他没有做伤害你的事吧？"安德鲁太太问。

"这倒没有！叔叔对我很好，只是他不像我们刚搬到这里时那样了。以前，他经常陪我聊天说笑，过得是那么开心，老爱带我去有趣的地方玩耍。可现在呢，他对我漠不关心，整天像活在梦里一样。有时我主动找他说话，他就像什么都听不见一样，甚至会胡言乱语，嘴里嘟囔着我听不懂的东西。叔叔他像被鬼上身了，我好担心他！"

"这都是那个叫特林的学生惹出来的事！"

"没错，不知道他跟叔叔说了什么，让叔叔变成这样！他们俩每天晚上躲在阁楼里做实验。我经常听见他们在上面走来走去，要不然就是一点动静都没有，静得可怕。"

"乖孩子，这里永远是你的家，不开心的时候就来这儿找我吧。我会给你备张小床，你随时可以过来住。"安德鲁太太放下针线，安慰着埃尔兹别塔，"你看，我们自己也有麻烦啊。你可能也发现了，自从经历了惊魂一夜后，你安德鲁叔叔也变了不少。但不管怎么样，我们一家人至少还相依相偎，有吃有穿，快乐地生活着。为什么非要为不属于自己的东西而苦恼发愁呢？"

"我家以前也过得很幸福啊！都怪学生特林给叔叔下了迷药，摧毁了叔叔的意志。"埃尔兹别塔不住地抱怨。

"上帝会保佑我们的，孩子。你知道他们究竟在阁楼上做什么吗？"安德鲁太太在胸前画了个十字，接着问道。

"根本不清楚，反正是在做可怕的事情。第一次见他们结伴做实验，我就觉得没什么好事。从那时起，他们来往越来越频繁。就在今晚，他们又用怪异的口气说话，还听到叔叔喊：'我快要疯了！'每到这个时候，特林都会给叔叔洗脑，他劝叔叔再坚持一次，然后又是一片安静。在做实验的中途，我叔叔还是会说些疯言疯语。我真的害怕极了，就连忙跑下来了。"

"我可怜的孩子，让你受委屈了。"

"我下楼前还听见特林对叔叔说，他是叔叔的忠实仆人。叔叔并没有被他的话激怒，反而想讨好那个学生。我还听到特林讲：'你必须做这件事，因为只有你才能研究出把黄铜变成金子的方法。有了金子，可以做任何想做的事情。你可以去游历各国，增长见识，也可以和学界的大师们探讨学问，还能买所有想要的东西。'特林十句话里有九句离不开金子，而我叔叔却一句话都不说，似乎正忙着搞实验。"

安德鲁太太无奈地摇摇头："我听说过一些想从金属里提炼出黄金的人，他们之中没有一个成功的，都以失败收场。"说到这里，她决定换个轻松的话题，不让埃尔兹别塔老记挂着不好的事情，"约瑟夫和他爸爸去高塔以后，我都非常寂寞，忍不住聆听教堂那边传来的号声，消解孤独感，而且这也说明他们俩一切安好。"

"我也是！每天凌晨两点都是约瑟夫在吹号。我和他之间有个小约定，所以我每天都会仔细听他的号声。"

"真是窝心。难道你每天都要等到凌晨两点，听了号声才睡吗？"

"只要是约瑟夫在吹号，我就会听。我们是最要好的朋友，必须遵守彼此间的约定，难道不是吗？"

"那你能分辨出哪一次是约瑟夫吹的，哪一次是他父亲吹的吗？"

安德鲁太太和小女孩互诉心事一直到很晚。夜深了，安德鲁太太把约瑟夫和他爸爸做的那个小沙发铺成了张小床，留小女孩在她家过夜。这个沙发就摆在门边的窗户下面。天气好的时候，窗户是打开的，上面还装饰着一个小挂毯子。小女孩躺在窗边，把外面的声音听得一清二楚——她每天格外注意教堂上的钟声和号角声。这时，安德鲁太太也走进约瑟夫的房间休息了。

埃尔兹别塔怕叔叔突然从阁楼下来找他，所以没有脱衣服就爬上了床。可她睡在沙发上辗转难眠，满脑子都在想着叔叔的事情：叔叔和那个叫特林的学生是不是在做什么坏事啊？最近许多街坊们在私底下议论克鲁兹，他的侄女把这一切看在眼里，更是担心了。她听大学里的学生们讲：炼金术士克鲁兹正在研究恐怖的黑魔法。

无论是埃尔兹别塔，还是克鲁兹，他们毕竟都生活在一个迷信的年代。在那个时候，鬼神的传说似乎永远萦绕在老百姓的心中——有人坚信巫师可以召唤恶魔帮他做坏事，也有人认为人死后的灵魂会躲藏在世界的每一个角落，只要学会通灵术，就能和鬼魂交流。这些人甚至相信动物有预知吉凶的能力——倘若有一只猫突然从你面前经过，说明最近会遇到倒霉事；午夜时分，若是有猫头鹰在废弃的教堂高塔上鸣叫，就代表此时有一群女巫正骑着扫帚从上空经过；但要是碰上半夜狗叫，那也许是谁家要死人了。

在民间，靠散播迷信图谋私利的人可不在少数。比如说，那些所谓的巫师和魔法师们就经常利用迷信那套说辞在街头巷尾坑蒙拐骗，牟取金钱。也许有些占星师对自己的占卜技巧信心十足，但大部分人都是为了敛财罢了。这群人一向身穿黑袍，牵匹黑马，俨然一副"救世主"的模样，把那些无知的人骗得团团转。不仅如此，他们还发明出各种消灾免难的方法，比如能驱邪降魔的符文，可以让毒蛇不敢靠近的黑色巫石，更稀奇的还有被闪电击中，焦化成淡黄色玻璃状的不明物质——据说这是非常稀有的高级药材，把它磨成粉服下能够医治胃痛。坏事做尽的人怕被雷劈，怎么办？巫师专门为这种恶人制作了避雷香囊。不仅如此，动物的尸骨和内脏到了神棍的手上，也能发挥奇效——小猫小狗的尸骨，乃至青蛙的心脏都成了世间最神秘的材料，能派上很多用场呢！

可是，学院派的炼金术士克鲁兹为什么突然迷上这么不着边儿的事情呢？是什么让克鲁兹的行事作风发生如此大的转变呢？或许他有他不得已的苦衷吧。埃尔兹别塔想到每天通宵达旦做实验的叔叔，都会心神不宁，担心叔叔的身体早晚有一天会被这些没有意义的事情拖垮。她更是怀疑：叔叔的灵魂是不是被学生特林控制了？那个特林会不会为了满足自己的贪欲，而把自己的老师作为牺牲品呢？

此时，窗外传来了凌晨一点的《赫纳之歌》，可埃尔兹别塔焦虑得难以入睡，尽管她的身体已经疲惫到需要马上休息的地步，可思绪仍然牵挂着自己的叔叔。她的脑海充斥着各种关于叔叔和特林的古怪画面：他们两人的样子已经扭曲得没了人形。克鲁兹前一秒还是正常的样子，在毫无征兆的情况下，突然变成了庞然大物或是变成小矮人。特林也不再是学生打扮，变成了一个顶着南瓜头的大魔鬼！特林不断膨胀的身体遮挡住了整个天空，世界陷入一片黑暗。叔叔和目的不纯的特林在一起，做着险恶的事情。他们从篮子里放出用破鞋子变出来的蝙蝠；他们跃向天空抓捕老鹰，又把它们关在阁楼里；他们还调配出各种咕嘟咕嘟冒着热泡的液体——两人起码完成了上千件坏事，埃尔兹别塔的脑子里不断播放着这些片段。不知不觉中，已经到了凌晨两点，圣歌再次响起。

"终于两点了！"埃尔兹别塔心情突然轻松了起来，那些不切实际的瞎想也都烟消云散了。圣歌从远方飘来——"这是约瑟夫吹的。"埃尔兹别塔心想，接着跟着号声哼唱起来。现在，她已经对圣歌的旋律了然于心，哪里该停顿，哪里该结束，对每个音符的处理了如指掌。

第一遍曲子吹奏完毕。埃尔兹别塔正等着再次吹响圣歌时，惊讶地发现约瑟夫没有停下来，而是继续吹完了圣歌的最后几个音符，完成了整支曲子！埃尔兹别塔一下子惊醒，从沙发上弹了起来，心想："难道是我听错了吗？可能是我睡迷糊了，我得再仔细听一次！"

约瑟夫向南面吹响了第二遍圣歌。这次埃尔兹别塔没有跟着哼调子，竖着耳朵专心致志地听着每一个音符。号声停止的时候，她意识到约瑟夫真的没有按平时的习惯吹号，而是吹完了整首歌。"不会是他吹错了吧？"小女孩不住地说服自己。紧接着，东边的圣歌响起，可惜外面刮起的微风吹散了号声，埃尔兹别塔没能听清约瑟夫发出的求救信号。

约瑟夫来到北面的窗口，吹起第四遍圣歌——"这可是最后一次机会了！这次我一定要听清楚。"埃尔兹别塔心想。这次，约瑟夫稍稍停顿后，再次吹完了整首乐曲。他这不经意的吹法，仿佛是在提醒埃尔兹别塔："我知道应该在哪个段落停下，我故意加上最后一个小节，继续吹下去。"想当年，那位勇敢的吹号手要是没有死在鞑靼人的箭下，他也会把整首歌吹完的。

"约瑟夫是名优秀的号手，不可能连续吹错三次，他一定是故意这么吹的！"埃尔兹别塔想到这里，连忙爬下了床。

"他究竟想表达什么呢？难道约瑟夫真的摊上大麻烦了？高塔上不是有个大警钟吗，他完全可以鸣钟报警啊！那个钟声代表着有重大事情发生，比如火灾、敌人来犯、提醒人戒备防御、发生暴动、别国的君王来访或是和别人开战了，所以一旦钟声响起，全城上下都会跑出来看发生了什么事情呢！"

埃尔兹别塔又想："约瑟夫再淘气，也不至于拿吹圣歌的工作开玩笑。那他为什么不敲钟呢？这到底是为什么啊？"想到这里，她大概已经猜到，约瑟夫第一次吹完圣歌时，就是在向她发信号——这是给埃尔兹别塔的特殊暗示，表示约瑟夫遇到危险了！她的朋友约瑟夫把所有希望寄托在她的身上，指望她能记得彼此的约定。此刻，约瑟夫可能受人要挟，被人监视着，没机会敲响警钟，只能通过号声传递信息。冰雪聪明的埃尔兹别塔终于找出了真相：刚刚的圣歌是约瑟夫为她而吹的！

埃尔兹别塔必须立即采取行动，约瑟夫正等她搬救兵呢！可怎么做才好呢？约瑟夫到底碰到什么事还不清楚，直接去找安德鲁太太会令她担心。要不然去找叔叔帮忙？但他这会儿正和特林在阁楼忙着。特林估计还没离开，因为刚刚没有听见有人下楼的声音。而且，就算告诉叔叔，他也听不进去，只会把自己取笑一顿，然后送自己回房间睡觉的。那么，现在只有一个人能帮约瑟夫了！埃尔兹别塔轻轻地走出屋子，关上门，再摸回自己的家取了件斗篷披在身上，然后拿着院门钥匙匆匆出门了。埃尔兹别塔独自一人走在空荡荡的大街上。对于一个柔弱的小姑娘来说，半夜自己出门是非常不安全的事。因为每到这个时候，城里的酒鬼、赌徒还有盗贼全部出动了，他们暗藏在污秽的角落里，伺机抢劫路人的财物。虽然夜间有巡逻兵维持治安，但他们总对盗贼团伙睁一只眼闭一只眼，只抓些自投罗网的蠢贼，所以这些歹徒更是无法无天了。这么晚还在大街上游荡的话，最好手里能拿根棍子或是剑防身为妙。

一走出大门，埃尔兹别塔就不断向自己的守护神圣女伊丽莎白祷告，希望能得到神的保护。月亮高照，埃尔兹别塔走在寂静的鸽子大街上，她紧贴着墙根，在阴影的掩护下慢慢走向左手边的十字路口，想一口气冲到离这里不远的圣安街。正当她走出阴影跑到拐角口时，听见从身后的鸽子大街传来男人说话的声音。年幼的埃尔兹别塔都头也没敢回，一股脑飞奔到圣安街，小脚踏在铺满石子儿的街道上，嗒嗒嗒地响个不停。

鸽子大街上有人发现了埃尔兹别塔，大声叫嚷着："谁在那里？"然后就是一阵急促的脚步声。"是个女的。"埃尔兹别塔听见其中一个人和同伴说。发现她的人健步如飞，在她身后紧追不舍，已经快追到鸽子大街的拐角处了。今晚皎月当空，照亮了整条街，根本找不到可以躲藏的黑暗角落。小女孩撒开脚丫，努力往前奔跑，脑海里想起了残暴的鞑靼人和纽扣脸彼得。"要是被坏人抓住了，那可怎么办？"小女孩越想越怕。

在她身后追赶的人不过是些流浪街头的乞丐和流氓混混，他们只是想向她讨点钱买吃的。可像她这样的小女孩落入这种人手里，天晓得会发生什么事情。运气好的话，拿到钱就会放了她，就怕他们存心害人。

"快停下，别跑啊！我们是你的朋友！"身后追赶的人中有人吆喝着，"听着，我们不会伤害这个时候走在大街上的女人，我们会护送你到目的地的。"

听到这话，埃尔兹别塔跑得更快了，快到感觉自己像飞了起来。好不容易跑到了圣安街，却发现那帮人依然穷追不舍。现在，埃尔兹别塔只有祈求扬·坎蒂快点来给她开门，否则后面的人就会追上她了！

幸运的是，扬·坎蒂从来不会让求助的人久等。每天晚上，他不是在帮助别人，就是在伏案写作——或许在他死后，这些遗作将会是高等学府，甚至全世界最宝贵的经典之作。静坐在屋里的扬·坎蒂一听到门铃响，马上放下纸笔去开门了。刚一取开门闩，埃尔兹别塔就迫不及待地挤了进来。

"是我，埃尔兹别塔·克鲁兹！尊敬的教士，我有重要的事情求您帮忙！"小女孩气喘吁吁地解释，"不过，麻烦您先把门关上，后面有坏人在追我！"

扬·坎蒂连忙把门关上。其实，他对这样的事情已经见怪不怪，因此看到一个小女孩半夜横穿街头来找他，也能镇定自若。平时门外跑过可怜的乞丐，扬·坎蒂都有一种想救济他们的冲动。他知道，这些人落到如此田地也是贫穷和饥饿害的。可今晚情况有变，他看出埃尔兹别塔有燃眉之急，所以直接领着她进屋详谈了。

"说吧，出什么事了？强盗又闯进你家闹事了吗？还是你叔叔遇到了什么麻烦事？"

埃尔兹别塔累得上气不接下气，出于对约瑟夫的担心，她还是努力理清思绪向教士说明了前因后果。她心里七上八下的，害怕教士不把她说的话当回事，甚至取笑她！然而，扬·坎蒂脸上没有露出一丝笑容，反而急切地插嘴说："你说得没错，约瑟夫真的出事了！事态紧急，希望我们来得及助他脱险。你先留在这里等我消息，这样比较安全。我这就派人去喊士兵，然后和他们一起去高塔救人。呃……我觉得他可能已经遭遇不测了。"

几分钟后，三十名全副武装的卫兵整队向教堂出发。抵达高塔后，他们最先发现了墓园里被捆起来的守门人，于是马上给他松了绑。紧接着，卫兵队打开没有上锁的塔门，潜进高塔内部，小心翼翼地爬向号手的房间。

留在塔上的哥萨克人已经开始烦躁不安了。起初，彼得向他们描述袭击教堂的大计确实振奋人心，激起了歹徒们铤而走险的欲望，起码有十个人自告奋勇要加入他的行列。可事情发展到现在，他们发现这是桩极其简单的任务，对于嗜血成性的魔头来说太无聊了。彼得严密控制着每一步计划，顺顺当当就杀进了塔楼，简直毫无挑战性。再加上经过长时间的等待，彼得的手下早就失去了新鲜感，到一旁打盹儿睡觉去了。当然，他们还是留了一个人看守安德鲁。正因如此，扬·坎蒂带着卫兵冲进号手房时，所有人都毫无防备。事实上，这些暴徒们在被卫兵抓起来之后才反应过来发生了什么事。那个看守安德鲁的人居然还想执行彼得下的命令，只不过还没来得及下手就已经被制服了。

安德鲁死里逃生后，约瑟夫欣喜地冲进房里，一头扑进父亲的怀抱："爸爸，爸爸！是埃尔兹别塔救了我们！"约瑟夫激动不已，两只眼睛闪闪发光，嘴里不断重复着："是埃尔兹别塔，埃尔兹别塔！我晚上故意不按规定吹圣歌，她从号声里听懂了我的用意，大半夜一个人跑出去找扬·坎蒂求救，教士才带着卫兵来搭救我们呢！刚刚我在楼下碰到了教士，他把整件事都告诉我了。"

"愿上帝保佑这丫头。"安德鲁听得热泪盈眶，心里感动极了。

"对了，儿子，你是怎么跑出来的？我以为再也见不到你了……"

"那大坏蛋带我回家，半路上听见有卫兵队正往教堂这边赶。他料到计划失败，想都不想就扔下我，溜掉了，跑得比闪电还快！现在埃尔兹别塔还在教士家里等消息呢，我得马上去接她，然后把所有事都讲给她听！这次我们能捡回一条命，都是她的功劳。"

暴徒们被士兵们带走了，今晚的突袭事件终于告一段落。然而，安德鲁还在回想刚才与彼得的对白。既然彼得没有拿到水晶球，那么塔尔诺夫大水晶球到底在哪里？彼得的话能信吗？他再次夜袭高塔，就说明那晚他没抢走水晶球。否则的话，他还有什么理由和自己过不去呢？更何况，他还逼着约瑟夫带他去家里找，太蹊跷了！如果他是冲着报仇来的，自己和约瑟夫活不到现在，他也根本没必要搞这么多事出来。可如果水晶球真没在他手里，那它在哪儿？那晚究竟发生了什么事？

第十三章　塔尔诺夫大水晶球

纽扣脸彼得又失手了。现在已经到了万物复苏的四月，离他袭击高塔的事已经过去了好几个礼拜。初春的空气已经慢慢开始变得闷热起来，一轮红日高高挂在远处的山巅之上，把高山染成了绯红色，通往维利奇卡①和盐矿的必经之路也被照得红彤彤的。

这天傍晚，炼金术士克鲁兹和学生特林正坐在阁楼的破板凳上，为某些问题争得不可开交。特林坐在小窗边感受着阳光的温暖，炼金术士却坐在阴暗的角落里。他们头顶的斜墙上，悬挂着各种实验用的药水瓶和玻璃管，在阳光的照射下，折射出像宝石一样的璀璨光芒。几个月以来，这阁楼的摆设始终一成不变。屋梁上悬挂着的铜锅里，"嘶嘶嘶"地冒着火苗，原来里边儿正烧着沸腾的物质。一缕缕烟气缭绕上升，整个房子看上去就像是一条昂起细长脖子的巨蛇，安静地盘踞在草坪上。

"我真是受够了！"炼金术士对学生特林的言辞颇有不满，"我对炼金实在提不起兴趣，不想再继续做这个实验了，我要重新钻研以前的研究。"

"遇到点阻碍就想退缩吗？之前不是还信誓旦旦地要探索未知的世界吗？"特林低声回应，露出一副阴险的笑脸。特林这人相当狡猾，他早已摸

①维利奇卡：波兰的南部城市。

清了炼金术士的脾气，有的话点到即止就行。于是他故意顿了顿，又开始鼓励灰心丧气的克鲁兹："打起精神来！坚持下去一定能想出更好的配方。你看，最难的一关我们都挺过来了。为了这件事，我们花了那么多时间和精力，现在说放弃不是太可惜了吗？炼出金子是早晚的事，这只是时间问题。你最近是不是过于劳累了，身体有些吃不消啦？"

炼金术士把脸埋在自己的双手里："确实如此，我……我真的太累了。"特林厌烦地看了克鲁兹一眼，要不是他还要靠着这位学士发财，他早就破口大骂了。特林压抑住内心的怒火，尽量用平和的语气激将克鲁兹："如果我们的实验最后没成功，你的责任最大，克鲁兹老师。我真没想到，像你这么出类拔萃的学者也会被这么简单的实验耗尽心力。先前我也催眠过其他人，可有谁像你这样身心疲惫的。"

"唉……"炼金术士无奈地叹了口气，像是在忏悔一样，"我老觉得这阵子不止你一个人对我进行催眠。"

"你的意思是……"特林心里一惊，激动得差点跳了起来，"还有其他人？这事你确定吗？难道我们俩的秘密被人发现了？试问这克拉科夫城里还有谁懂催眠？说实话，除了我自己外，我想不出第二人。"克鲁兹不经意的一番话彻底激怒了学生特林。特林怒目圆睁，手指慢慢伸向别在腰间的匕首。他毕竟还是个年轻气盛的年轻人，难免爱慕虚荣，更何况特林自视过高，又岂能容得下其他懂得神秘之术的人呢？这时，从他的神情里还流露出一股难以掩饰的恐惧，因为他知道政府法院已经明令禁止人们研究邪术，违令者将被处以极刑。情节严重的，直接送上绞刑架；轻一点的，也会被处以割面、鞭刑、杖刑，甚至流放的刑罚。

换成在现代社会，特林精通的催眠术算不上是什么邪门歪道，这种方法甚至被现代人当作一种心理疗法。然而，在那个科学并不发达的年代，无论男女老少都认为这是一种魔鬼才懂得使用的黑魔法。特林曾说服过许多人接受催眠，激发潜在能力，炼金术士克鲁兹也是其中之一。不过，只有克鲁兹愿意乖乖听话，所以克鲁兹是他揭开炼金术之谜的最后的希望。

催眠师运用暗示的手段引导受术者进入一种催眠状态，进而控制人的潜意识。特林不断对克鲁兹施行催眠术，渐渐地控制住了他的思想，短短几个月，克鲁兹便任凭他摆布。特林看中克鲁兹的才华和学术上的造诣，相信这位学者一定能成功找出炼金的配方。另外一方面，特林处处小心，他要求克鲁兹对炼金研究三缄其口，甚至威胁克鲁兹说，这秘密要是泄露出去，他们俩休想全身而退！

"不，催眠我的不是人，是个魔鬼！"苦闷的炼金术士念叨着。

"魔鬼？"克鲁兹的答案让特林大吃一惊，站在那里呆若木鸡。他不会疯掉了吧？

"对，就是魔鬼！我再也受不了啦！"炼金术士起身与特林四目相对，"我相信你是个强大的人，而且厉害到能看透我的灵魂。我所做的每一项实验中的奥妙之处，你也无一不晓。可你却不知道藏在我心里的一个大秘密。这秘密已经压得我喘不过气了！我的精神已被它压垮，我的心灵也因它而黑化，每天充满了罪恶感。你跟我过来，我让你见识见识超自然的宝物。瞧，就是这个东西。"炼金术士用颤抖的声音解释着，越说越激动。克鲁兹把阁楼里的实验器具拉来摆去，就像是想演示几项实验：他先把一个三脚架倒放在房间中央，然后在架子的顶端绕上一圈铁链，看起来像在上面放了一个碗似的。接着，克鲁兹走到房间一角打开柜子，从里面取出一个用黑布包裹着的东西，放到三脚架上。

"现在点上灯吧。"克鲁兹摆好架子，边说边在一个堆满煤炭的铜锅里撒了一把粉末，"轰"的一下，锅里火光四射，把整个阁楼照得通亮。克鲁兹掀开了那块黑布，神秘的宝物暴露在特林面前——这水晶球犹如光泽度最好的钻石一般晶莹剔透，纯净透明！在光晕的相互辉映下，三脚架的铜器竟然也闪烁着不可思议的彩光。这颗水晶球足有一个人头那么大，球体表面丝毫看不出有任何人工打磨过的痕迹，完全是在地下的洞穴中经过千年水滴冲刷形成的，宛如高山泉水一样清透，散发出一丝淡淡的水蓝色；细细观察水晶球的内部，还透着一抹玫瑰色。这简直是大自然的鬼斧神工之作！看着它，如同置身于无边无际的湛蓝海洋。

"天啊！这是什么东西？太惊艳啦！"特林大开眼界。

"这就是塔尔诺夫大水晶球！"炼金术士压着嗓子小声说。

"什么？塔尔诺夫大水晶球！"特林怀疑自己出现了幻听，再三追问，"这可是千百年来无数魔法师和炼金术士苦苦寻找的宝贝啊！塔尔诺夫大水晶球！大水晶球！"特林兴奋得快要喊出来了，"克鲁兹啊克鲁兹，真想不到这千年不遇的传世珍宝居然在我们手里！"特林在说这些话时，已经在盘算如何把宝贝据为己有了。"不过，总算弄清楚了一件事，催眠你的魔鬼其实就是这颗水晶球！只要你一盯着它看，就会被它控制住。这个水晶球具有超自然的力量，所有看着它的人都会不自觉地被催眠，然后把烂在肚子里的秘密全部说出来。有了它，我们能找出更多破解炼金术的线索！靠近它的人都会被深深吸引，就像口渴难耐的人突然发现一口清泉一样！"

塔尔诺夫大水晶球绝对是一件旷世珍宝，它的确是全世界最神奇的水晶球了。因为人们每次看到它时，都会觉得它不大一样，让人百看不厌。至于造成这种现象的原因，却各有各的说法。事实上，塔尔诺夫大水晶球之所以能展现出不同的样子，是因为每次射向它的光束都不一样，球体折射出来的光线自然各有不同。当然，水晶球本身有一股勾人心魄的魔力。一开始，见过它的人都会被它的外表所吸引。水晶球发出的瑰丽的光束，不断变化的颜色，美得令人难以忘怀。不仅如此，它还有一种不可名状的魅力。在这世上，恐怕也只有钻石才有资格与之媲美，美中不足的是，钻石的体积无法长时间吸引人们的目光，而大水晶球却能做到这一点。

在遥远的中世纪，巫师界最有名气的水晶球非塔尔诺夫大水晶球莫属了。然而，在追求科学的正统学者眼中，什么符咒、水晶球，还有鬼神论，通通是迷惑他人的欺诈手段而已，甚至连当时的天文学者和炼金术士们也对这些玄术嗤之以鼻。尽管如此，仍有许多人经常把科学与魔法混为一谈——炼金术士克鲁兹也不例外。虽然他对法术和黑魔法从来都不屑一顾，但还是被学生特林的话彻底洗脑了，现在完全被特林牵着鼻子走。

　　"拿走它已经违背了我自己的良心，我快被折磨死了！"炼金术士不断地嘀咕着，"现在，我要把它物归原主。这颗水晶球是个不详物，它曾掀起了不少腥风血雨。要知道，凡是拥有它的人都命途多舛啊！"

　　"还回去？"特林一下拉高嗓音冲着克鲁兹吼道，"你是怎么想的？听着，克鲁兹，我不知道你是通过什么途径得到这宝贝的，但你现在要把它送还给它的主人，这可能会葬送我们的大好前程的！不如我们先试试它有什么用途，要是没有特别的效果或你仍然觉得过意不去，到时再还回去也不迟啊。当然，你要是改变主意，想留着它，我肯定不会反对咯！"

　　"留着它？绝对不行！"克鲁兹决绝地说，"必须还给它的主人。我之所以对这事守口如瓶，就是怕你知道后，无法抵挡住它的诱惑。我实在承受不起了，这才向你吐露这个秘密，否则，你永远不会知道这东西的存在！"

　　"放心，我会听你的！"特林见克鲁兹越说越激动，连忙顺着他的话说，不过他的眼中却闪过一丝邪恶，"你想还回去就还吧。但在此之前，我们为什么不利用它学习点石成金的秘诀呢？我相信这水晶球一定能指引我们实现梦想的，到时看谁还好意思取笑我们！"

　　"那我们动作得快点！我不想再盯着这闪耀的东西了！"炼金术士说。

　　"你应该早点跟我讲，知道吗？我肯定会和你共进退的。"特林假惺惺地劝导克鲁兹。

　　"可说实话，我不觉得这水晶球能帮上多大的忙，倒感觉它能反映出人的心理。当然，这只是我的想法，如果错了，就当我什么也没说。反正这东西邪气太重，信不得，靠它破解炼金之谜并不可取。"克鲁兹站了起来，在房间里踱着步子，"它已经在慢慢侵蚀我的灵魂，我已经没办法像以前那样沉下心去探索世界的奥秘了。现在，只要一看着这水晶球，就再也无法移开自己的视线。准确地说，这颗罕见的水晶球会毁人心智。换作以前，我可以为了深入研究新事物达到废寝忘食的地步。但我发现面对水晶球时，自己完全做不到，反而被它迷得神魂颠倒，仿佛自己的灵魂已困在了它迷幻的光芒之中。"

"恕我冒昧，我可以问一下这东西是怎么到你手里的吗？"特林对水晶球的来历充满着好奇。

炼金术士干脆把整件事的来龙去脉一股脑儿倒了出来："事情是这样的。有一晚，我家院子里突然闯进来十几个匪徒，他们就是冲着这东西来的。我用火药和硝石制造了场魔鬼索命的场景把他们吓跑了。"

"竟然有这样的事？"

"对啊。当时，这水晶球还是我家楼下邻居的。"

"你是说科瓦尔斯基一家吗？城里新来的吹号手？"

"没错！科瓦尔斯基不是他们的真姓。他们从乌克兰搬到这里，本姓是查尔奈斯基。"

"原来如此。那群强盗又是什么来头？难道是从东方来的鞑靼人，或是哥萨克人？"

"是的。我用火药教训他们的时候，那个小头目其实已经拿到水晶球了。结果被我一吓，直接把水晶球扔在了地上。后来我对着他后脑勺扔了一个炸药包，炸伤了他的脸，他顶着一头火焰仓皇逃走，连水晶球也忘了拿。然后，我就把它给捡了回来。"

"那查尔奈斯基家的人又是怎么得到水晶球的呢？"特林攒了一肚子问

题想要弄个明白。

"这件事说来话长啊！十三世纪时，鞑靼人出兵滋扰波兰的一个小村庄，那里就是现在的塔尔诺夫，也是查尔奈斯基一家生活的地方。村民们苦不堪言，却又无能为力。后来，有一个人从他们之中挺身而出，率领全村人英勇抵抗鞑靼人，帮助他们重新过上平静的生活。村里的人非常欣赏他知难而上的气魄，便把守护塔尔诺夫大水晶球的重任交付给他。你知道这人是谁吗？他就是安德鲁·查尔奈斯基。在当时，这个不起眼的小村子因为这个水晶球而声名远扬，就连列国君王们也想移驾塔尔诺夫，亲眼瞧一瞧这旷世奇宝。听闻这价值连城的水晶球不仅外表美妙绝伦，还具有科学无法解释的神力。比如，看着它的人便能通晓过去未来，看透别人的心思，甚至能拥有飞翔、隐身或是点石成金的超能力。但这能力可不是白得的，上至国王，下至乞丐，无论什么人盯着它超过三分钟，都必定会产生幻觉，最后一命呜呼！"

"鞑靼人可不好惹啊，查尔奈斯基是怎么逃脱他们的追杀的？"

"他们全家带着水晶球逃进了喀尔巴阡山，在那里隐居到鞑靼人部队撤军后才搬了出来。从那时起，这颗水晶球就成了查尔奈斯基的传家宝，世世代代传了下来。查尔奈斯基家族长居乌克兰，过了大概一百年，他们的家乡乌克兰划入了波兰的版图。在波兰，好多人为自己取名为安德鲁·查尔奈斯基，这个名字平常得不能再平常了。当初，还是我邀请这家人搬到我家楼下暂住的，真没想到他们身藏宝物，掩饰得毫无破绽！"

"是他告诉你这些事的？"

"那当然。安德鲁视我如恩人。他回家发现水晶球不见了，便来找我出主意，还把整件事都告诉了我。"

"在此之前，你知道这水晶球的事吗？"

"试问有哪位炼金术士不知道水晶球的传说呢？相传，它是从东方传入埃及的。先人们把它供奉在神殿之中有好几百年呢。一直到罗马人占领了埃及，它又被运去了罗马。当年，罗马在黑海领域建立起了殖民地。据说有位随队出征的军官爱上了当地的一名女子，特地派军队把放在神庙里的水晶球偷了出来，讨那女人欢心。罗马教皇得知此事后勃然大怒，立即下令围捕这名军官。这军官还真是福大命大，竟然让他逃脱了。有传闻说他跑到了一个叫加利西亚的地方，与他的妻子找了一个小村子落脚，那里就是我刚才说的塔尔诺夫村了。再后来发生的事情，你也该清楚了吧——他们把水晶球交给查尔奈斯基家族。正因有这个水晶球，无数巫师、魔法师、江湖术士、占星师和炼金术士蜂拥而至，聚集在这塔尔诺夫村里。”

“照你这么说，一定有很多人想得到这个水晶球吧？”

“你错了，其实只有一个人对它日思夜想。水晶球的故事被传了数百年之久，早已走了样，到现在为止，知道事情真相的人并不多。那些贪婪的炼金术士和占星师根本无处可寻。水晶球本已淡出了所有人的视线，可安德鲁家一位逃亡的仆人突然跳出来说水晶球是他的，这可是条重大线索啊！他逃到东方后，四处宣扬他一定要找回水晶球，引来无数自告奋勇的人为他办事。安德鲁家这下可遭殃了，暴徒们跑去他们家连烧带抢，还不依不饶地追杀他们，也不知道是谁指使的。不过，我敢肯定，在这仆人的身后有一个位高权重的人在部署此事。”

“那次卫兵队带走那么多人，没问出什么吗？”

“没一个交代的。鞑靼人尽管冷酷残暴，但他们很讲义气，被拷打至死也不会出卖自己人。”

“那安德鲁有没有怀疑过是你拿走水晶球的？”

“他是真心把我当朋友。那天拿走水晶球的事让我有种愧疚感，觉得很对不起他。”

“克鲁兹，你不妨换个角度想想。即便你没有留下它，恐怕水晶球还是会被哥萨克人抢走，到时再也找不回来了呢！”

"话是这么说，可我还是受到良心的谴责。现在，我就像是一个不知廉耻的盗贼，偷走了别人视如生命的宝贝。那晚水晶球就掉在安德鲁家里的地板上，我怎么能错过这大好的机会呢？于是，我趁院子里的人盯着上梁逃跑的哥萨克人时，把水晶球藏进了袍子里，神不知鬼不觉地带走了它。"

"你做得没错，克鲁兹。看看，仔细看看这流光溢彩的水晶球！"特林心潮澎湃，激动得难以自持，"它是这么有灵气，仿佛是想把它所知道的秘密都告诉我们。快搬把椅子过来坐下，就像以前对你催眠时做的那样。你先认真盯着这球，别挪开自己的视线。"特林使了眼神鼓励克鲁兹坚持下去，那动作就像是一条诱惑无助小鸟的蟒蛇，"接下来，我们就动手做这惊世实验吧！"

炼金术士遵照特林的吩咐，坐到了水晶球前面，目不转睛地看着水晶球。而学生特林站在一旁监督着计时。一分钟、两分钟……很快，三分钟过去了，克鲁兹依然紧盯着水晶球不放。特林此时没有喊停，在他眼里，克鲁兹就是一只被折磨等死的小老鼠。他根本不在乎克鲁兹的生死。又过了两分钟，炼金术士依然坐在原位一动不动。特林发现他的坐姿越来越僵硬了，勾着脖子张大眼睛盯着水晶球，脸上做出的表情同之前判若两人。克鲁兹的呼吸声变得愈发平稳，一口一口吐着长气。

"听我的指示！"特林厉声说。

"遵命。"克鲁兹利索地回答。

此时，特林都快得意忘形了。这不仅是因为炼金术士比平时更快地进入了催眠状态，还因为他仍然愿意接受催眠。之前，特林一直担心，克鲁兹有了水晶球以后，再也不肯听他的话。但现在看来，是他自己想多了。先前做的大量催眠实验已经对炼金术士造成了极大的影响，以至于每次催眠时他都会下意识地听从特林的命令。

"告诉我你看到了什么？"

"我看见一间宽敞的门厅，像是炼金术士的实验室，摆满了黄铜和玻璃制的实验器具。这些器皿里盛着不停燃烧的液体，沸腾着，火星四溅。旁边还有几口大铜锅往外冒着蒸汽。"

"难不成你走进了魔鬼的实验室？"特林激动地追问，"这实验室里有人吗？"

炼金术士像是灵魂出窍一样，在实验室里神游，隔了好一会儿才回答特林："连个鬼影都没有。"

"手稿、文字这些都没有吗？你再好好看看！"特林问完，又是一阵沉默。

"有，墙上挂了张羊皮纸。"

"很好，把它取下来看看。"

"不行，那东西烫手！"

"比起上面记录的大发现，这点疼痛算得了什么！快把它拿下来！"

"拿到了。"

特林不自觉地看向克鲁兹的双手——塔尔诺夫大水晶球真有缔造奇迹的能力吗？他惊奇地发现炼金术士好像拿到什么滚烫的东西，手掌都被烫红了！

"羊皮纸上写着什么？快念给我听！"

炼金术士开始慢慢地读起羊皮纸上的文字，随即从他嘴里蹦出一连串拉丁语："这上面写了几个字：事无好坏，人人愿知。"

"展开羊皮纸，看看里面到底记载着什么。"

炼金术士顿了顿，又接着说："看起来我找到咱们想要的东西了。"

"你倒是快念啊！"特林露出一副急不可耐的样子。

"全是符号，我没法读出啊。"

"那就写出来！"特林立马放了块木板在克鲁兹腿上，又塞了只蘸过墨水的羽毛笔在他手上。炼金术士的手开始在木板上滑动着："根据此公式制作点金石。"

"还有别的吗？"

炼金术士继续写着："那些看似荒谬无稽的事情不一定是错误的，因为真相往往隐藏在谎言之下。"

"一堆废话。你再找找有没有别的配方！"

炼金术士俯身细看整段文字，嘴里念念有词："照底比斯①城的奥林皮奥多鲁斯、埃及人奥桑纳斯、拜占庭人皮赛洛斯以及阿拉伯人吉阿伯尔所说：先起火烧热铜锅，再加入满满一碗黄色的硫黄，等待融化的硫黄腾起精气。气体散尽后，向锅内倒入水银。顷刻间，两种物质相融，褪去原来的特质，产生出一种土质的黑色物体。接着再进行下一个步骤，把炼出的物质放入密封的容器中加热，一种艳红色的液体便诞生了。"

"接着写，别停下！全部写下来，不要漏掉什么内容。"特林喊着。

正奋笔疾书的炼金术士回答说："还有很多。卷轴一共有七大篇章，分别是翡翠桌子、天书、自然征服自然、自然热爱自然和自然约束自然等。"

"就没点别的吗？我不想听这些无聊的理论！"特林开始急躁起来，"快把点金石的秘诀写出来啊！没有配方怎么变得出黄金！快点！"

"底比斯人佐西默斯②说，点石成金的要诀是：按前面的方法加热处理硫黄和水银，再混入印度腹地收集来的硝石，把这几样东西放入铜锅片刻，便能炼出黄金。"

"终于找到配方啦！还不快点燃锅子，把材料拿过来做实验！"特林指使着克鲁兹，"你这儿有印度硝石吗？"

"有一小袋，放在柜子的第三排架子上。"特林一听，一个箭步走过去

①底比斯：古希腊东部，玻俄提亚的主要城市。
②佐西默斯：希腊炼金术士。

把东西取出来，备齐了材料。特林对炼金术士念叨的内容深信不疑，坚信今天一定能炼出金子。不幸的是，他在科学方面的造诣无法与克鲁兹相提并论，所以根本不知道自己把多么危险的材料放在了一起。

事实上，被催眠的炼金术士不会自主做出判断，仅仅是下意识地执行特林下达的命令罢了。特林刚才听说的那一套配方其实是克鲁兹平时的研究成果，但以前从没试过加入硝石加热，恐怕这只是疲惫的大脑胡乱给的建议。至于最后实验会做成什么样子，真的很难说得清！

学生特林忙着找材料的时候，克鲁兹唱诵起一首赞美炼金术士的拉丁文赞美诗：

"他能点石成金，变怪石为珍宝，他能创造用之不尽的财富！"

"下面开始实验吧！"

炼金术士摇摇晃晃地站起来，在铜锅底部铺了层白色的易燃物当火种，加上木炭点燃了炉火。片刻过后，果真如炼金迷经里所说：锅体变黑，里面的物质烧得哧哧作响。刚开始锅里释放着的黄色火苗，很快就变成了蓝色。克鲁兹赶紧倒入硫黄，不一会儿，难闻的味道扑鼻而来，在阁楼里弥漫开来。

特林在一旁边焦急地等待着，心想总算胜利在望了。炼金术士谨遵"高人"教诲，又把融化的水银倒进锅里，只用了短短几分钟，亮闪闪的水银和硫黄便融为一体，烧出黑色的固体物质。特林对化学实验一知半解，又心急火燎地想得到金子，只好给克鲁兹打下手，连忙递上一个容器给克鲁兹。炼金术士端起器皿，摇了摇热腾腾的物质，就把它倒进了另一个容器里，再放回到铜锅上。

四肢僵硬的炼金术士在阁楼里忙活着，活像个扯线木偶，样子可滑稽了。没等多久，他揭开了第二个容器的盖子，明亮的红色液体炼成了！

"快加硝石！快啊！"特林激动地挥着手臂。

克鲁兹从口袋里取出一把硝石，想也没想就扔进锅里。这时，他本能地往后退一了步，拉着特林站到阁楼中央，仿佛有意躲避即将发生的危险。特林刚想痛斥克鲁兹，一声巨响震耳欲聋，锅里的化学物质爆炸了！整个房间剧烈地晃动着……

"不好！拿上水晶球，快逃！"特林尖声喊着，惊慌失措地扑打着身上的火苗，然后向门口跑去。

灾难发生了。飞溅出来的高温化学品引燃了屋顶上的干草，火势迅速蔓延开，一发不可收拾。房间里所有的东西都燃烧起来。在屋里的人如果稍稍迟疑两三分钟，很可能就再没机会活着出去了。炼金术士还没从催眠状态中苏醒过来，好在特林喊了声，他便呆呆地抱着水晶球朝楼梯方向跑去。水晶球在火光的映射下，绽放着绚烂光芒，乍一看好像有百万颗珠宝钻石聚集在他手中。克鲁兹右手紧紧抱着水晶球，左手扶着护栏跌跌撞撞地下了楼，那走路的姿势像是个喝醉的酒鬼。学生特林先人一步跑出门口，加上他年轻动作快，克鲁兹才下到三楼时，他就已经跑到院门口，高呼消防兵灭火。可在这夜深人静的时候，哪里有人能迅速赶来救火啊，街上连个巡逻兵都看不见。情急之下，特林只好一路狂奔到其他街区求救。

就在这个时候，炼金术士带着水晶球跑出院子，消失在黑夜之中。在他的身后，大火已经吞噬了整个屋顶，短短几分钟，这座院子也燃起了熊熊大火。猩红的火舌无情地舔舐着邻近的房屋，一座接一座，很快烧到了克拉科夫大学的学生宿舍。恰恰在这个时候，令人担忧的事情终于发生了——夜风突然转了向，火焰顺着风吹进了校园。前后还不到十五分钟，整个大学就陷入了一片火海，火势向着集市广场蔓延而去，气势汹汹地欲吞噬整座城市。

第十四章 灭顶之灾

早在建城伊始，克拉科夫城就划分出四大城区，分别是城堡区、陶工区、屠夫区和斯拉夫科夫区。每个区各设有一名区长负责管理政务和民生——防火救灾也是他们的要务之一。巡逻兵发现火势快要侵入自己的管辖区域时，立马跑去敲开区长家的大门，汇报火情。这一路上，他们一面奔跑，一面大喊："着火啦！着火啦！大家快去救火啊！"

区长接到消息后更是心急如焚，三下五除二地披上外衣，马上先命人去通知消防队奔赴火场抢险。正当城内乱成一片时，教堂高塔上的警钟也敲响了，因为负责监督全城安危的号手发现火势愈演愈烈。眼下，四个城区上空回荡着救火的呼喊声，这让站在高处的号手着实为城民们捏了把冷汗。

号手站在高空，紧张地监视着城里的每个角落。只见这里的火刚刚扑灭，另一个地方又燃了起来。很快，那些精雕细琢的哥特式建筑也燃烧起来了，克拉科夫城内彻底乱了套。消防兵们已经开动灭火设备，分头赶往每条大街。随队的还有兵团鼓手，他负责击鼓鸣警，唤醒还在睡梦中的城民、商人和学徒们，动员他们联手救火。在消防队的指挥下，城内所有商会集结在一起，开始部署救火计划；有钱人家的仆人也纷纷出动，拎着水桶泼向自家房顶；还有些人为了阻止火势蔓延，用力推倒围墙，用铁钩、斧子和提桶等工具挖土盖火。

那个时候的克拉科夫城人口密集，十分流行木质结构建筑，街道上挤满了密密麻麻的小楼房，所以哪怕引燃一点小火星都可能导致灭顶之灾。在大学区的许多老房子，经过岁月的沉积，屋内到处布满了厚厚的蜘蛛网，木架子都有些腐朽了。烈火一碰到这些房子就像发了疯似的四处乱窜，赤红的火焰染红了校区的天空，滚滚浓烟腾空而起。

　　俯瞰全城，克拉科夫如同一个被园丁捣毁的大蚂蚁窝。住在那里的居民们像快被闷熟的蚂蚁一样从建筑里逃出来，涌上街头寻找空地避火：有带着孩子不断尖叫的女人，也有身着黑袍、手拿手抄本和羊皮卷的学生，还有抱着一堆玻璃管、星盘和金属圆规夺门而出的学者们。从他们惊慌失措的神情来看，所有人都被这场突如其来的大火吓得够呛。

　　城里所有人都在拼命抢救家当，他们使劲往窗外抛出家里值钱的东西，减少损失。转眼间，家具、衣物、木床和个人用品堆满了整条大街。这个时候，火势更加凶猛了，万点火星犹如雷雨般从天上溅撒下来，落在这些东西上，"呼"地一下全部燃烧起来，无助的人们眼见火越烧越旺，只好忍痛放弃。一些住在小院里的人正拼尽全力与大火搏斗，打来一桶桶水接连不断地对着房子浇上去。那些已经烧起来的墙体，已经没办法救了，只好狠心拉倒盖土，以绝后患。

　　消防兵们忙得不可开交。他们推来整队整队装满水的水车，这大队长得都从火场排到了水渠尾。平时这些水车都是用马拉的，但今晚事出紧急，一时间找不到足够的马匹，所有的男丁见状纷纷撸起袖管上前拉车。尽管离起火点最近的水渠至少有八英里远，在消防兵的得力指挥下，救火行动仍然井然有序地开展起来：水渠边，人们拼命往空车里灌水，好让他们迅速赶去火场。水泼光了，又立即拉着车从另一条街绕回水渠运水。一车车载着希望的救火水车在街道上奔驰着，形成了一条单向通行的循环带。

　　克拉科夫大学彻底被大火吞噬了，迫于无奈，消防兵们不得不放弃施救。

与此同时，为了避免火情进一步恶化，他们召来一群壮汉，抡起斧子和铁钩拉倒一排房子，在校区周围筑起一道隔离带，阻止火势蔓延。剩下的人兵分三路，分头赶往方济堂、圣安街和布拉克卡街。当他们赶到现场时，发现一切都太迟了，大火已经向外扩大，吞没了进入街区的每一个路口。附近的集市广场挤满了从鸽子大街逃出来的人，其余的空地上堆着他们抢出来的财物。有两家人甚至在绞刑台上搭起了临时帐篷，给妻儿休息。孩子们又累又困，听着母亲的安眠曲渐渐进入了梦乡。

混乱中，有一个女人带着一个男孩、一个女孩和一条狗。只见他们左躲右挤，好不容易才从放满家具和个人物品的鸽子大街上找到出路，逃离火海。原来在屋子起火的时候，他们已经睡下了，对外面发生的事情全然不知。直到被浓烟呛醒，才意识到大事不好，可在那个时候，已经来不及收拾家里的东西，只能穿着睡衣俯身而逃——他们就是安德鲁太太、约瑟夫和埃尔兹别塔。狼狗沃尔夫天生怕火，所以即便约瑟夫松了狗绳子，它还是老老实实紧随主人的步伐前进。

他们三人领着狗眼观六路，耳听八方，试图尽快离开起火地。约瑟夫从人群中发现了一条捷径，可要想安全通过却不是件容易的事情。火势多变，很可能上一秒它还顺着墙体烧上去，下一秒便飞旋到别处。火苗一沾到朽木就燃，接着像火龙一样无情地吞没整座房子。

现在，城内的情况十分混乱。有的居民攀到屋顶呼救，零星的火点飞溅到屋顶上，瞬间在他们的脚边燃起大火。救火人同样身陷险境——刚准备上前泼水救火，火又突然从身后窜出来，简直险象迭生！屋顶上不时迸射出烈焰，每处房屋都被笼罩在浓烟之下，情况危险极了。冥冥中，仿佛是有一个炎魔精心策划的烈焰试炼，考验着人类的生存力！

当约瑟夫三人冲到鸽子大街与威斯尔纳街的交汇处时，他们发现路口弥漫着刺鼻的浓烟，遮住了前方的去路，坍塌的房梁和木板横七竖八地倒了一地，把路全部堵死。从这里走出街区显然是不可能的了，他们只好掉头再次穿越鸽子大街，逃向另一头的布拉克卡街。

在这生死攸关的时刻，埃尔兹别塔一心惦记着叔叔的安危。他们逃出院子前，埃尔兹别塔曾大声呼喊过阁楼上的克鲁兹，但除了紫红色的烈火不断从楼上喷出来外，没有任何人应声。叔叔是不是已经葬身火海了呢？

约瑟夫的母亲不停想着自己的丈夫：他会不会离开号手岗位，回家来救我们？如果他还留在高塔上，安不安全？但愿我们能尽快和丈夫会面，这样他就不用为这一家老小担心了。

布拉克卡街的地势要高一些，即使房屋偏矮，也有足够多的冷空气，进而抑制火势向这边蔓延。到了这边，大火扩散的速度明显变慢了。换句话说，人们有更多时间撤离火灾现场。然而，这条街恰恰是另外几个街区的交汇地带，居民们从四面八方涌上了布拉克卡街，把那里堵得水泄不通。拥挤的人流不断朝城外涌动，约瑟夫三人被冲散了好几次，险些找不到彼此。最后，他们三人把胳膊紧扣在一起，使出吃奶的力气挤出人群。这些逃难的人既无奈又心酸，他们之中有空手逃跑的男男女女，也有夹在大众中间艰难前进、号啕大哭的孩子。约瑟夫在逃亡的时候，也目睹到感人的画面：有人的背着体弱的病人缓缓而行，背不动的找来小货车推着人走。一位老人骑坐在年轻人的脖子上逃命，这一幕仿佛再现了艾尼阿斯背父逃亡的感人故事①。

经过不懈努力，约瑟夫三人跑出了重灾区，暂时安全了。约瑟夫心想上天真是待他们不薄，先有虎口脱险，后是火灾大逃亡。一家子能安然无恙，真是不幸中的万幸。趁着大火还没烧过来，他安排母亲和埃尔兹别塔稍作休息，让她们俩先缓口气。其实，约瑟夫也累得不行了，好想扑倒在地休息一会儿，再穿过布拉克卡街，往集市广场赶。在他心里，眼下最要紧的任务就

①艾尼阿斯在特洛伊城沦陷后，携带幼子，背负着父亲，逃出被大火吞没的家园。

是把母亲和埃尔兹别塔毫发无伤地送到高塔那里去。如此一来，他才能义无反顾地返回火场救火。在他看来，每一个年轻人都应该为自己生活的城市出一份绵薄之力！

就在他们沿着布拉克卡街向前走时，突然从瓦维尔山方向传来一阵急促的马蹄声。

"等一下！"约瑟夫急忙伸手把母亲和埃尔兹别塔拉到人行道上，"城堡那边派士兵来增援了，快给他们让道。"

他的判断是对的。这边话刚说完，他们三人就看到一队身披铠甲，手拿长矛的重骑兵在布拉克卡大街停下。照目前的情况来看，唯有防守才能渡过难关。官兵们迅速在此布防，把随时会被大火吞噬的街区围了起来。隔了一小会儿，一队步兵和工匠追上来，加入防卫队中。当所有人各就各位后，他们立即拉倒了离火场不远的房屋，建起一条隔离带，甚至在街上架起攻城炮来灭火。建筑物一旦烧起来，士兵们就会用大炮击垮房屋，避免火势进一步扩大。

约瑟夫三人绕过阵守火灾前线的士兵，继续向圣母圣殿走去。在途中，他们看到一队士兵押着一名犯人路过市集。据说这犯人是从火场中揪出来的。

"十有八九是个小偷！"约瑟夫说。

"天啊，这场火灾已经够大家伙儿受的了。不救火就算了，还要去偷去抢，还是人吗？"安德鲁太太惊呼。

正说着，士兵们已经走到了他们面前。借着火把的光线一看，约瑟夫激动得惊叫起来："妈妈，快看！那不是纽扣脸彼得吗？他就是那个带头袭击我们家的大坏蛋！你还记得吗？我们刚到克拉科夫时，他就来找过我们麻烦。后来，他还在高塔上抓过我和爸爸。他终于被捕了，真是大快人心！看啊，抓他的人不是普通的巡逻兵，是国王的贴身护卫！瞧见他们头盔上的皇家徽章了吗？好神气啊！现在我真想知道他是为什么被抓的！"

约瑟夫没有看错，劣迹斑斑的彼得已经落入法网。要知道市政厅一般只审讯普通的犯人，这次被国王的人抓住，恐怕彼得是插翅难飞了。果不其然，押解他的人一副立了大功的样子，穿过市政厅，雄赳赳气昂昂地回皇家城堡复命去了。

士兵队和彼得渐渐消失在夜幕下。约瑟夫领着母亲和埃尔兹别塔继续赶路，不一会儿，便来到了父亲值班的高塔底下。此时，安德鲁先生心急如焚，生怕自己的妻儿出什么闪失。见这三人出现在眼前，他热泪盈眶，走上前拥抱了他们，然后转身对约瑟夫说："今晚我希望你能留下来，替我吹响《赫纳之歌》。克拉科夫城需要我，我得去火场帮忙，绝不能坐视不理。对了，克鲁兹没和你们一起吗？他也去那边救火了吗？"

"克鲁兹现在身在何处我也不知道，从家里逃出来的时候，我们喊了他好多次，可一直没人回答。当时阁楼上的火很大，烧得屋顶都快没了。"

"照你这么说，情况不太妙啊。不过无论他是死是活，我都必须回院子看看。他以前一无所求地帮过我们，是咱们家的大恩人。但愿他吉人自有天相，能躲过这一劫。等这件事过去后，他可以先和我们住在一起，再重新找栖身之所。"

约瑟夫提起了彼得被捕的消息，这反倒提醒了安德鲁，如果彼得的余党还藏在城内，这个时候他最好还是留在妻儿身边保护他们才是。可他转念一想，要是约瑟夫当真遇上危险，大可以高声呼救，塔下这么多人，一定会热心肠地解围的。

这一晚，城里成千上万的人投身到救火行动当中，安德鲁作为一个男人，又怎能置身事外呢？他必须像男子汉一样挺身而出，加入救火大军，去和火魔做斗争。前去救火的勇士们把火场团团围住，拉倒了四周一切可能导致火势扩大的建筑物。最后，大火在约瑟夫上课的学校那里消停下来。紧接着，他们又拉倒了旧犹太村的大门，这一处的火势也得到了控制。而就在围堵两个方向的大火时，克拉科夫大学里又有一两栋房子烧着了，不过经过一番抢救，终于在圣安街的前一条街道处抑制住火情，所有人总算是松了口气。但令人惋惜的是，最先着火的城区因为没得到及时的救助，方济堂和几所修道院全部烧得化为灰烬，就连对面城堡区的部分房屋也未能幸免。

危机似乎已经过去了。接下来，根除火源是最重要的收尾工作。勇士们已经凿出了一条宽宽的沟渠作为防火带，装满水的水车顺着防火带前进，人们从车上舀水，拼命喷洒着，直到清水彻底浸泡火场里的一切。尽管几天过后，某些被焚毁的建筑里还隐约闪烁着火光，黑烟也还未散去，但这场突如其来的灾难终于平息了。

克拉科夫城迎来了新的一天。当安德鲁拖着疲惫的身体回到高塔时，整座城市将近三分之一的城区都已成为一片废墟。不过，在火灾发生前，那些地方就不是城里最重要的地段，而且留有许多卡齐米日一世之前建好的百年老木屋。若非他们伟大的君王高瞻远瞩，下令改用石头建造房屋，昨晚克拉科夫城恐怕会被烧个精光，所有人都会无家可归。

这时，埃尔兹别塔和安德鲁太太相拥着躺在号手的床上，沉沉地睡着了。约瑟夫仍然坐在外面的小房间值班，他一会儿看看桌上的沙漏，一会儿眺望着远处大学区上空的漫天浓烟。

"大火已经扑灭了吗？"他见到父亲进屋，关切地问道。

"总之，危险已经过去了。但现在有许多人无处可去，他们的家都被毁了。"安德鲁说。

"那你找到炼金术士了吗？"

"连他的影子都没见着啊，他好像凭空消失了一样。"

"可怜的埃尔兹别塔啊！"约瑟夫叹息着。

就在约瑟夫提起女孩名字的时候，埃尔兹别塔轻轻哼哼了两声，像是听见有人喊他一样。不过，她还是睡得特别沉。

安德鲁在一旁边嘟囔着说："也不知道他是不是被困在阁楼里出不来。你知道吗，这次火灾的源头就是他的小阁楼呢。"安德鲁心中的疑问很快能找到答案，因为高塔上来了位不速之客。上楼的脚步声越来越近，门开了，出现在他们眼前的人原来是教士扬·坎蒂。这位德高望重的学者手里还搀着一个人。这人灰头土脸的，身上的黑袍子烧掉了一大片，只剩下最后一点挂在肩膀和腰间，一看就是刚从火场中死里逃生的人。说来奇怪，这个人的双手一直藏在袍子底下，不肯拿出来。

"安德鲁先生，你好。"扬·坎蒂礼貌地打招呼，然后小声说，"我在街上碰到了克鲁兹先生，他的情绪很不稳定，像是受了什么刺激。而且，他知道一件我们最关心的事情。"

安德鲁惊愕地看着狼狈不堪的克鲁兹。要不是扬·坎蒂发现了他，亲自把他带到这里，恐怕安德鲁怎么也不会相信眼前这个人就是曾出手帮过他们的克鲁兹。约瑟夫出神地看着这位怪异的黑衣人，还有他捂在黑袍下的东西。

"哈哈哈哈……！冲天大火焚尽一切，可有炼出金子？"炼金术士忽然发疯似的仰天长笑，"约翰·特林呢？他人去哪儿啦？怎么不回答我呀？房子一炸他就跑了。往锅里加硝石，加木炭，烧啊，使劲烧，烧出紫红色的火焰！特林，你还不过来看一眼吗？我一整晚都捧着这东西没撒过手。"克鲁兹一边说，一边撩起袍子，露出手里拿着的东西。就在这个时候，一缕阳光透过东边的窗子，照射在这件东西上面。刹那间，号手房变得光晕闪动，就像有上万颗钻石在流光溢彩一般，又好像瓦维尔山上国王宫殿里千盏水晶吊灯同时亮起那样璀璨夺目。这光彩可以与皇后桂冠上的瑰丽珠宝相媲美。它散发出的光芒是如此美妙，充满活力——塔尔诺夫大水晶球就近在眼前！

"这东西怎么会在他那儿啊？"安德鲁大喊着，把在隔壁屋睡觉的安德鲁太太和埃尔兹别塔给吵醒了，"我真是出门遇贵人啊！克鲁兹，快告诉我，你从哪里找到我这件传家宝的啊？这几十年来，我发誓谨遵老祖宗遗训，全心全力地看护着这个水晶球。这东西除了波兰国王外，谁都没资格拥有。上次被偷走后，怎么会跑到你手里了呢？难道是那个无赖被抓后，你找到它的吗？还是你在失火的危楼里把它挖了出来？不会是你……"讲到这里，安德鲁突然把话咽了回去，他似乎发现了一个难以说出口的真相！

"这是件不祥之物啊！"克鲁兹有些激动过度，突然感到头晕目眩，哐当一下倒在了扬·坎蒂的怀里。即使他已经体力不支，却还不停地念叨着："它历经火炼，还沾满了鲜血。王公贵族得此物，必将走上灭国之路。它的光芒能照出人类贪得无厌的本性！好人会因它而做出偷鸡摸狗的可耻之事，坏人则会为它起杀戮之心。我不敢再留着它了！快把它从我这儿拿走！"克鲁兹到了几近崩溃的边缘。他脑中仅存的一丝理智促使他拼命央求："不能再盯着它看了，不能看！不能！特林更不能看！"说完，便摔在地上不省人事。

扬·坎蒂正用力扶起克鲁兹时，埃尔兹别塔慌慌张张地从屋里跑出来，见到尚在人世的叔叔激动不已，一把抓起叔叔被浓烟熏黑的双手，拼命亲抚着。

安德鲁捡起滚落在地的水晶球，安慰地笑了。他说："这下我们都能安心了。我要兑现查尔奈斯基家族的承诺，将此物献给我们的国王。这个秘密已经掩藏了好多年，原本我可以继续默默守护着它，可如今知道水晶球下落的人实在太多了，我想唯独国王的宫殿才是最安全的地方。克鲁兹先生有句话说得对，这颗水晶球会搅得这世界不得安宁。"

"既然你主意已定，等天一亮，我们就去请求觐见国王吧。听说大约在两天前，国王已经返回了克拉科夫城。"扬·坎蒂说。

第十五章 卡齐米日国王

在约瑟夫眼中，克拉科夫城所有的壮丽奇景，都比不上屹立在瓦维尔山上的国王城堡让人热血沸腾。这座坚实的堡垒外有银山铁臂围裹，数百年来，如同岩石巨人般挡住了无数次围攻。它的高塔、角楼和城墙巍然耸立在城堡之内。约瑟夫站在一座位于宫殿中央、造型奇特的圆形高塔上，俯瞰着蜿蜒曲折的维斯瓦河和城镇。这里曾是历代君王祭旧神的祭坛，即使容许市民们入殿参观，也鲜有人能登到这塔上欣赏秀丽的风景。

约瑟夫此时思绪飞扬，回忆起父亲曾向自己讲过的传奇英雄——屠龙勇士卡拉卡斯。相传，这位勇士生活在欧洲最黑暗的年代，曾几何时，他就隐居在自己身处的这座高山上。故事里提到，这里有一条秘密通道，可以从堡垒直接通到河底。在城堡失守时，住在里边的达官贵人就是从这里逃出生天的。据说，在更早之前，皇宫的所在地其实是巨龙的巢穴。直到屠龙英雄打败了巨龙后，人们才在这里修建宫殿，这才有机会让后人爬上高耸在云端上的尖塔和钟楼。虽然约瑟夫独自站在这空荡荡的祭坛上，可他已经置身于当年的历险场景，陶醉得不能自拔。他仿佛目睹了当年所发生的一切，那画面是那么气势磅礴。而现在唯独没有见到的，就是马上要接见他们的波兰国王。

忠诚的安德鲁听取了教士扬·坎蒂的建议。天蒙蒙亮的时候，他们一行人就带着神志不清的克鲁兹，往坐落在瓦维尔山的国王城堡进发。出行前，安德鲁和教士把一切都安排得妥妥当当。他们先帮克鲁兹梳洗清理身上的污垢，把他的脸和手也都洗得干干净净。不过克鲁兹身上的黑袍烧得没法再穿了，安德鲁只好找来件自己的长外套给克鲁兹换上。安德鲁太太和埃尔兹别塔都交托给了白班号手守护，狼狗也被安置在号手房内，不准外出。

走在路上，约瑟夫想到马上要见到高高在上的国王陛下，一颗心激动得扑通扑通狂跳，甚至出现耳鸣目眩、手脚发软的症状。这时，扬·坎蒂说起了遇见炼金术士的经过："今天凌晨的时候，我发现克鲁兹一个人在烈火肆虐的大街上晃荡。他一整宿都在火场里漫无目的地四处乱走，真不知道他是怎么躲开那些倒塌的房屋，越过火海走出来的。他是不是心里有苦说不出啊，所以把自己弄得心神恍惚的？这人看着像是中了邪。"

"带他面见国王行得通吗？"安德鲁从一开始就对扬·坎蒂的建议有些怀疑。

"我有个妙计，但不知能不能奏效。我们有太多事需要解释，有他在场，我们的话会更有说服力的。看他目前的状态，也需要得到高人的点拨，才有机会化解心结。克鲁兹天性纯良，是个好人。作为他的朋友，我们有责任帮他恢复心智。"

由于炼金术士还没能从催眠中恢复过来，走起路来东倒西歪的，安德鲁和教士两人只好紧紧架着他一步一步往前走。克鲁兹好像知道接下来要发生什么事情一样，坚定地迈着步子，因为他相信身边的朋友会带他脱离苦海。

他们继续在城堡大街上前行，渐渐地把被大火烧得一片狼藉的克拉科夫城甩在了身后，顺着斜坡走向了瓦维尔山上的国王城堡。回首望去，山下的小树林还在着火，冒出的黑烟遮住了湛蓝的天空。在一条条变成废墟的街道上，隐约看见仍然有市民留在那里善后：有的人正忙着掀起烧成焦炭的木梁，继续朝房屋基底位置喷着水，试图彻底消除火苗。昨晚的那场火给克拉科夫城造成了巨大的损失，数条街道上的房子被烧得所剩无几，生活在那里的居民在街头游荡，无处可去，有的站在已经变成一堆焦炭的家门口不舍离去，哭得悲痛欲绝。

通往宫殿的路上，安德鲁四人碰上了那几个哨卡，官兵们一看到有扬·坎蒂在，直接开闸放行了。这位教士是如此深受人民爱戴，却泰而不骄，他就像个孩子般对世间的每件事充满了好奇，内心是那么纯净。扬·坎蒂甚至也对此感到意外，觉得自己的名字像带有魔法，约瑟夫则更加敬佩扬·坎蒂了。

很快，他们来到了瓦维尔山脚下，一名举着长矛的侍卫正把守着唯一一条上山的小路。一见到扬·坎蒂，侍卫迅速立正向他行礼，然后客气地请他们四人在外等候，说要向上面通报一声才能放他们过去。

没等多久，侍卫一路小跑回来，郑重其事地告诉他们："国王准许你们上山觐见。他还说，凡是扬·坎蒂引荐的人，他都愿意接见。不过，国王现在正在招待几位客人，四位需要在此稍候片刻。"

大约十五分钟过后，一位身穿蓝袍的高官出来宣旨，请扬·坎蒂和随行的同伴进宫。蓝袍官员在前面引领，带着他们走到一座宽敞的后院中，踩着大理石阶梯上到左手边的露台。恰好在这个时候，露台上的门开了，国王就在这里接见了他们。

面见国王的经历不知被约瑟夫回味过多少次，但每次都有一种恍然如梦的感觉，每个细节都那么不真实，又充满奇幻色彩。国王卡齐米日之所以在前厅接见他们，一来是因为这里是他的会客厅，二来是不想让他的贵宾感到过于拘束，而教士扬·坎蒂恰恰拥有这样的特权。

会客厅前方的中央摆着一张高高的王座，在长长的椅背上方没有华盖装饰，只有一个皇室王冠悬在空中，正对着国王的头顶。第一眼看到这样的布置时，就感觉好像参与国王加冕仪式一般。约瑟夫对国王的着装始终记忆犹新，他还记得当时这位国王身穿紫色的宽大绲边袍子，脚上穿的是软软的皮靴子，穿起来一定舒服极了。袍子的大领子上有许多用丝绸绣出的精致图案，衣领被一条金链拉住，从下面微开的领口处露出金线绣的华丽背心。袍身的边缘加上了厚厚的皮毛边，穿在两只手臂上的筒袖大到垂在了国王的膝盖上。国王头上戴着一顶和袍子同样颜色的软帽，帽檐向外翻翘着。

安德鲁父子毕恭毕敬地单膝跪在国王面前。国王四平八稳地坐在王座上，两侧有两名面无表情的士兵，站在那里像两尊雕像似的，一动不动。很明显，他们是国王的亲兵。这两个人全副武装，从头到脚都罩着铁甲，腰间佩戴短剑，像是时刻准备护驾的样子。在大厅四周，还站着许多骑士，他们穿着不同样式的盔甲：有穿薄甲的；也有穿着锁子甲的骑士，看起来像是从西洋棋盘里搬下来的棋子；还有些以重甲护身，连脚上穿的鞋子都是铁打的，鞋跟儿上还加了马刺。国王身边还配了两名拿着权杖的侍从，安静地站旁边听候差遣。

扬·坎蒂正要走上前向国王行亲手礼时，国王赶忙询问他，不让他行这么大的礼："这是怎么回事啊？他们都是在昨晚那场大火中失去家的人吗？"

"是的，国王陛下。不过，我们今天是为另一件要事而来。这二位是安德鲁和他的儿子约瑟夫，他们是乌克兰查尔奈斯基家族的成员。不久前，他们因拥有举世无双的传家宝被人追杀，这才逃到了我们这里。"

"传家宝到底是什么？快请起来说话吧！"国王饶有兴趣地问，"这阵子，从乌克兰那边传来许多消息，却没一件好事。你们是怎么逃到这里的？你们又遭遇了什么不幸呢？"

安德鲁连忙谢恩，从外套下面拿出他的传家宝："若陛下恩准，我愿将塔尔诺夫大水晶球献给您！"他捧起水晶球，故意让它暴露在阳光之下，就在那一瞬间，会客厅里浮动着五颜六色的瑰丽光芒，红色、橙色、蓝色、黄色……各种色彩交织在一起，实在是美极了！闪耀的彩光格外炫目刺眼，国王倾身从安德鲁手中接过水晶球，眯着眼端详着这件瑰宝。

"惊艳无比啊！它美得无法用言语形容！"国王赞美道，所有在场的人无一不惊讶地交口称赞。"你是怎么找到这件宝物的？"国王继续询问。

"这是祖传下来的，许多年前我们家就守护着它。至于祖辈从何处寻回来的，我不太清楚。"

"既然如此，为什么要把它献给我呢？这可是个稀世之宝啊，这皇宫里所有金银珠宝加在一起也无法与它媲美。"

"陛下，请容我向您解释。两百多年前，有人把这颗水晶球托付给了我的先祖，并要他们发誓必须全力保护它。倘若有一天，水晶球的秘密泄露出去，将会引来无数争端，甚至杀身之祸。如今，我们没有能力继续保护好它，所以一定要把它献给至高无上的国王保管。"

"这么说，宝贝藏在你家的消息已经曝光了？我现在必须先弄清楚一件事，你们为什么要拼上性命来保护这颗奇石呢？"

"国王陛下，这可就说来话长了。如果您愿意了解水晶球的故事，我可以把它写下来，呈给您阅览。多年以前，鞑靼人把塔尔诺夫村打得七零八落，那里的村民害怕他们夺走水晶球，于是就将它交给我家守护。我们家就此立下誓言，以命相护，绝不让水晶球落在心术不正的人的手里。水晶球虽美，却蕴藏着近似于黑魔法的神力。有人说它是祸根，是魔鬼用来迷惑人心的圣器。塔尔诺夫村重建后，村里搬来了新的邻居，身边的老村民走的走，散的散，只有我家一直守护着水晶球。"

"那这秘密是怎么被人知道的？"

"我家以前请了一位鞑靼族仆人，他跟了我好多年。我总把这水晶球藏在一个大南瓜里，兴许他无意中见到我把它拿出来擦洗保养，这才知道我家有这么一个东西。以前我一直以为这鞑靼人很纯朴，所以对他毫不设防。是我自己太大意了，不过我相信刚开始他只是出于好奇才跟踪我，没想到在南瓜里翻出了水晶球。大概一年前，他逃出了我家。在他离开后几个月，我们家就遭到了袭击。据我推断，是他把这个消息告知了某个鞑靼首领。"

"他知道这水晶球的真正价值吗？"

"很难讲，鞑靼人和哥萨克人都是听着水晶球的传说长大的，他们都很想得到它。"

"神奇的水晶球啊，你真是美丽动人。你能告诉我，曾经你都跟过哪些主人吗？"

安德鲁听完国王的话，再次单膝跪下，激动的泪水顺着脸庞淌了下来："陛下，请您收下这颗水晶球吧。它给全世界带来了太多的灾难，我们查尔奈斯基家族世世代代背负着保护它的重任，每天过着担惊受怕的日子，在永无止尽的焦虑与担心中煎熬着。我的祖辈为了完成使命，甚至在地下开了条逃亡的秘密隧道，这次多亏它，我们一家人才逃过一劫呢！水晶球的确很美，见过它一眼，一世都难以忘怀。可我现在打从心眼儿里不想再见到它！它散发出来的每一道光芒，都只会令所有人为了得到它而互相残杀。它折射出来的每一种颜色，都会给整个国家带来灾难与痛苦。我已经履行了自己的承诺，竭尽全力保护着它。现在，我要遵循祖训，把它献给您，我尊敬的国王陛下！"

国王目不斜视地盯着水晶球，忽然间不由得打了个冷战，仿佛看到了水晶球深处蕴藏的一丝邪恶。

"我年事已高，再过几年，恐怕再也无力保护它了。我在乌克兰的家早已不复存在，田地也废弃了，这些都是这水晶球害的，所有人都因为我拥有这样一件宝物而心生妒忌。"安德鲁用恳求的口气说。接着，他又把如何从乌克兰逃亡，如何在高塔上绝处逢生，如何恶斗纽扣脸彼得的经历讲了一遍。

"究竟是谁对我穷追猛打，就是不肯放我一马，我真想知道幕后的操纵者是谁。昨晚听我儿子约瑟夫说，那个彼得被您的人抓了。我请求与他当面对质，我想知道到底是谁为了水晶球这样苦苦相逼，甚至不惜派人毁我家园，一路追杀我至此。"

安德鲁的话引起了国王的注意，特别是听到彼得这个名字时，国王终于忍不住说道："此人是被我的手下抓了。据我安插在乌克兰的探子回报，这个叫彼得的人卖国通敌，正在策划谋反。波兰人更愿意叫他恐怖波格丹。我一直命人缉拿他，没想到昨晚卫兵团的人在火场附近发现了他，就把他抓来了。现在，把这暴徒给我押上来，我要好好审问一番。"

话毕，两名长矛兵揪着彼得的手臂，把人押到大厅。彼得踩着沉重的步子走上前来，他的手和脚全上了镣铐，铁链打在地面上发出哐啷哐啷的声音。他不屑地斜了眼安德鲁和他的同伴，来到国王面前，摆出一副桀骜不驯的态度，抱着胳膊，不甘示弱。士兵见状，一个大步上前用力按着他的头，逼他下跪行礼。就在他挣扎反抗的时候，国王走向王座把水晶球放到他面前，彼得看呆了，这东西怎么会在这里？他下意识环顾四周，发现除了号手安德鲁和炼金术士外，其他所有人也都用仇视的目光盯着他。

"你被指控犯下叛国罪，出卖波兰王国，你认罪吗？"国王发话了。

"谁控告我？"

"谁？是乌克兰政府！"国王厉声应道，"你还被检举犯下其他杀人抢劫的罪行！殿上的这几位先生已经把你毁人家园、劫持人质、抢掠等恶行原原本本地奏上。随便一条罪行，都足以把你送上断头台！"

听见国王亲自兴师问罪，彼得知道无论再怎么诡辩，也不能清脱罪名，现在唯有以退为进，或许还能为自己开辟一条生路。

"我想用一些东西来换取我的命。"他说。

"你还有什么消息值得我饶你不死呢？"

"当然是天大的机密，事关国家存亡。"

国王沉默了良久，显得有些为难，他想："彼得作恶无数，留他的确天理难容，可身为一国之君，又不得不把国家安危放在第一位。目前整个乌克兰暗潮汹涌，局势动荡不安，派去打探的细作也挖不到有价值的消息。现在，这个十恶不赦的魔头手里竟然掌握着重要的情报，此人放还是不放？况且，彼得知道自己必死无疑，对他严刑拷打是行不通的。像他这样口风紧的哥萨克人，怕是打死也不会招供，因为从情感上讲，他更偏袒乌克兰和东方哥萨克人。

"近日，我的城中已经受了不少劫难，所以今天我就格外开恩，暂且留你一条狗命。我想处你一死也难平众怒，倒不如给你一次为国尽忠的机会。你应该清楚，我本可以对你严刑逼供。不过，我想把大事化小，所以你最好知无不言，言无不尽。"

讲到这里，国王态度一转，夹杂着威胁的口气对彼得说："你还是放聪明点，别指望用假消息来愚弄我。我在乌克兰有自己的探子，十分清楚那边的形势。你要敢说半句假话，你的脑袋一定会被挂在城门上示众！清楚吗？"

"我明白！"彼得脸色发白，不假思索地应了国王的话。显然，他被国王的那番话震慑住了。彼得的确是个亡命徒，更不怕死在沙场上，否则不会冒着杀头的危险再次潜回克拉科夫。然而，彼得内心却惧怕吊死在绞刑台上的惨相。见国王松了口，彼得像抓住救命稻草般，继续为自己铺设后路："我不会说假话的，请相信我！国王陛下，我还有一个请求，请您一定要答应我。今天无论我透露了什么，都请您替我保密。如果泄露出去，我还是活不了。"

"好，我答应你。现在可以交代了吧？"

"我叫波格丹，乌克兰人管我叫恐怖波格丹。两年前的三月，一位权贵召我进入莫斯科，他说那里有位有背景的人想雇我办事。哥萨克人向来对莫斯科人没有好感，可我天性喜欢挑战新奇的任务，所以我就去了。到了那边，我见到了伊凡。"

"你说的是哪一个伊凡？"国王打断他的话问道。

"莫斯科大公国的伊凡大公本人。那个瞎子的儿子啊。他做梦也想成为欧洲大帝。"

国王听到这里，紧咬牙根，眼神里闪过一丝怒意："我的探子已将此事禀报给我了。伊凡……伊凡！我就猜到是他干的！表面上跟你和和气气，背地里就使阴招密谋造反，这个笑里藏刀的东西！"国王气得直起身子来回踱步，冷静下来以后又继续盘问彼得："接着往下说。"

"这只是他计划的一部分，他的野心不止这些。他想建立一个超级帝国，想让境外的罗塞尼亚人和立陶宛人都归顺于他。可他知道，现在这些人都是波兰的子民，基辅这座城市又由鞑靼人统治着。但他依然想对住在乌克兰的波兰人发起攻击。伊凡的亲信向他谏言，建议他对鞑靼人睁一只眼，闭一只眼，怂恿他们去对付波兰人。后来，他甚至还派使节说服鞑靼的可汗领兵攻打波兰。鞑靼人首领给了一个令人吃惊的答复！"

"对方怎么说？"国王问。

"他说，他可以出兵杀光乌克兰境内的波兰人。不过，在此之前，伊凡必须满足他一个条件——找到塔尔诺夫大水晶球交给他。"

彼得这番话让厅内所有人大为震惊，其中安德鲁的反应最大，他并没有料到这价值连城的水晶球竟然关系到波兰的存亡。

"鞑靼首领从哪里听说水晶球的？"国王问。

"在东方，塔尔诺夫大水晶球是出名的宝物，几乎无人不晓。每一个魔法师、星相师、部落首领和贵族都想拥有它，甚至平民都梦想着能抱着它回家。原因很简单，据说这美丽无瑕的水晶球有预知未来的能力，它还可以帮它的主人揭开惊天秘密。还有人认为水晶球是一个媒介，通过它，可以与亡灵对话。关于它的传闻有很多种。很久以前，鞑靼人西征寻宝，最后却空手而归。打从那时起，他们就一直不厌其烦地打听、搜寻水晶球的下落。"

国王思考了一会儿说："鞑靼首领为什么向伊凡要水晶球，他不知道那东西没在伊凡手里吗？难道这是他拒绝出兵攻打而故意出的难题吗？"

"国王陛下，事情远不止这么简单。不久前，从安德鲁家逃出来的鞑靼仆人回到了自己的地盘，在那边到处说他知道水晶球的下落——就藏在乌克兰一个平民家里。后来，这消息传到了鞑靼首领的耳朵里。他本来就日思夜盼地想得到水晶球，碰上伊凡主动向他提出结盟的请求，正好趁此机会利用伊凡出面解决。我从伊凡那里离开后，就去了鞑靼部落打探消息，掌握到了有利的线索。伊凡这才爽快地答应了鞑靼首领的交换条件。"

"这么说，你就是那个使者？"

彼得鞠了一躬，说道："正是在下。"

"你到安德鲁家放火抢劫，也是伊凡的命令？"

这次彼得一声不吭，再次鞠了一躬。他的举动彻底激怒了原本就愤愤不平的国王。

"你这狗腿子！简直禽兽不如！为了讨主子欢心，你烧人家的房子，毁了一家人的幸福生活，还想取别人的性命，真是丧尽天良！仁慈的上帝啊！我穷尽一生治理波兰，是希望国泰民安。可波兰人民的日子过得不太平啊，敌人从北面和西面打过来，已经岌岌可危。现在，东边和南边也想夹击我们。我挚爱的波兰，什么时候才能永享太平呢？"国王一席肺腑之言感动了在场的每个人。然后，他又扭头质问彼得："你这混账东西，还有什么要说的吗？"

"成王败寇，我认栽！"彼得无奈地说，"我知道的全都告诉您了，现在请您兑现承诺，放我走。唉……要不是那个家伙……"他手指着炼金术士，"我就早抱得水晶球，回去领赏了！"

国王没有再理彼得，他对着护卫队长手一挥，命令道："来人，把他给我带下去。明早天一亮，就把这波格丹交给佛罗莱恩城门口的卫兵。记得叮嘱他们，一定要监视波格丹走出边境线为止。在此之前，他身上的镣铐都不能解下来，清楚吗？等出了波兰国境，再恢复他自由身。传令下去，从今往后，这个人胆敢再迈进波兰国境半步，立即逮捕，就地正法！"

卫兵押送彼得回牢房了，国王转身对安德鲁先生说："我以波兰国王的名义，向查尔奈斯基家族进行表彰，以表扬你们的忠肝义胆和一片赤子之心。

这么多年来，你的家族恪守诺言，备尝艰难，誓死守护水晶球，这是多么难能可贵的高尚品质啊！我在这里代表全波兰人民，向你们查尔奈斯基家族致以最衷心的感谢！"

国王摘下脖子上的金链，亲手给安德鲁戴上。这条链子制工精美，拿在手上沉甸甸的，大概是纯金打造的。"戴上它吧，这是对你的嘉奖！这条链子象征着你的忠实与勇敢。你们一家人为这个国家付出了太多太多，所以国家会对你们的损失做出补偿。这水晶球若是被敌人盗走，落到鞑靼首领的手中，恐怕乌克兰将会遭到鞑靼人和伊凡大军的双重夹击了！现在局势紧张，你们暂时先委屈一下，等到适当的时候，我再正式一一封赏。"

说到这里，这次会见差不多就算告一段落了。扬·坎蒂冲着另外三人递了个眼色，跟着所有人一起跪在国王面前谢恩道别。

国王弯下腰，把放在地板上的水晶球拾起来。恰好在这个时候，约瑟夫正偷瞄国王的容貌。结果让他发现国王正痴痴地盯着水晶球，仿佛忘却了周遭的一切。他就站在那里，凝视着这颗美丽又充满危险的瑰宝。

第十六章　完美落幕

　　安德鲁父子还跪在地上，等待国王恩准离开。大家欣喜地以为一切终于雨过天晴，可就在此时，令人始料不及的事情发生了——炼金术士向正盯着水晶球看的国王陛下冲了过去！

　　国王在审问纽扣脸彼得时，这炼金术士在一旁耷拉着眼皮，默默地倾听二人的谈话。这是一场暗地里较劲的对话，国王与彼得你一言我一语，势均力敌，最后国王权衡利弊，把心一横做出决定。克鲁兹见证了整个过程，并没有表现出任何异常的举动，只是安安静静地与同伴站在一起。可在临走前，他突然像看见肉骨头的狗一般，纵身飞扑过去，把水晶球从国王手里抢了下来。克鲁兹那动作敏捷得像飓风一般，只见他从众多人面前一闪而过，躲过重重守卫，冲出会客厅大门。这一幕把殿上的骑士和守卫们都吓了一跳！难道克鲁兹已经被催眠术弄得走火入魔，彻底疯了吗？

　　"快拦住他！"扬·坎蒂惊呼道，"别让他干傻事！"

　　听见急促的呼喊声，士兵这才回过神来，连忙伸手去拦疯跑的克鲁兹。不过，已经太迟了。炼金术士这时已经跑出露台，顺着台阶冲到了庭院里。庭院内当然也有卫兵守护，他们见到克鲁兹风驰电掣般跑下来，不晓得上面出了什么状况，而且这位先生又是扬·坎蒂带来的贵客，应该以什么名义拦住他呢？一时间，所有人都不知该如何应对这突如其来的变化。

炼金术士这惊人的举动，把城堡闹得鸡飞狗跳。克鲁兹抱着水晶球像脱了缰的野马似的在前面闷头跑，从小道一路跑出庭院，接连穿过好几道大门。在他身后，国王带着随身侍从和守卫紧追上来，安德鲁父子和教士扬·坎蒂也跟着跑了出来，焦急地喊着，都想在事态恶化前拦住克鲁兹。几番你追我赶，克鲁兹眼看要被前方的武装士兵截住，他居然敏捷地跳下斜坡，从下面的草坪跑走，顺着瓦维尔山的一条小路径直冲到维斯瓦河边。

安德鲁父子带着士兵追出城堡，国王和扬·坎蒂一路赶到要塞的尽头，那里正对着维斯瓦河，隐约能望见炼金术士的背影。克鲁兹在河边停下脚步，他再也没力气继续跑了，可又怕国王的士兵一拥而上抢走水晶球，他便做出跳河的动作，以死威胁，阻止任何人接近他。

这个季节的河水汹涌而湍急，一个不小心滑进水里，就很可能会被水流卷走。安德鲁父子和士兵们谁也不敢轻举妄动。此时的炼金术士衣衫不整，散乱的头发随风飘荡着，像个木头桩子一样杵在那里。他的眼睛始终无法从手里那闪闪发光的珍宝上面移开。他彻底扭曲了！

过了好久，双方依然僵持不下。炼金术士先看了看围在岸边的追兵，又抬头望了望站在城墙上的国王和扬·坎蒂，终于忍不住放声高喊："你们都听着！之前从安德鲁先生那里偷走水晶球的人就是我！从看到这水晶球的那刻起，我就丧失了理智。古往今来，没有哪个星相师和魔法师不想拥有这水晶球。它能指引我走向成功，它是实现梦想的捷径！有了它，我便能一举成名，成为世界上最伟大的炼金术士，功名盖世。你们知道吗，当我发现这个秘密时，我就无法自拔了！可我不愿让这受了诅咒的石头再祸害其他人！"

克鲁兹说着说着，突然发出一阵狂笑。"我有个学生叫特林。对，就是特林，他以前是我的学生。我和他都知道，盯着水晶球看太久会让人神志不清。可他还是不停地给我吹耳边风，说我们找出炼金术秘方的那一天，我们就能获得至高无上的权力，而这方子就记录在这水晶球里。这些都是他乱编出来骗人的鬼话，可是我听进去了，这才闯下弥天大祸！水晶球照出了我藏在心底的野心，我并没有找到点石成金的配方，在潜意识的驱使下，我糊里糊涂地制造出一场威力巨大的爆炸。因为我们的贪婪，几乎把半座克拉科夫城烧成了灰，害得无数城民无处安身。"炼金术士快要崩溃了，他埋着头不住地悲叹，连嗓音都有些哽咽了。这让看着他的人也起了恻隐之心。

"别犯傻啊！我们是你的朋友！"扬·坎蒂对着克鲁兹大喊。

"朋友？我不配当你们的朋友！这水晶球是个不祥之物啊。人们为了得到它打得头破血流，诸国也为它大动干戈！现在我要结束这一切，还世间一个安宁！"克鲁兹说完，猛地转过身去，像巨人般扬起双手中的水晶球，一股脑把它朝湍急的河里抛去。

水晶球一下子飞到半空中，暴露在灿烂的阳光下，顿时变成了璀璨的气泡，或者说是一颗闪耀的星星。在空中停顿了半秒后，"扑通"一声坠入波涛澎湃的维斯瓦河，激起层层水花。

所有人被他的举动惊呆了，现场鸦雀无声。炼金术士的行为确实匪夷所思，甚至可以说有些荒唐。但不可否认，他刚刚做出了最伟大的决定，成功地把自己、安德鲁、波兰王国，乃至全世界的人从水晶球的诱惑中解救出来。

"既然事已如此，我们一起跪下来祈祷吧。"扬·坎蒂号召大家说。在场的人纷纷跪下，做了简单的祷告。之后，安德鲁和士兵们扶起瘫坐在地上的克鲁兹，把他送回了圣母圣殿的高塔上，托付给安德鲁太太和他的侄女照顾。

与此同时，国王和扬·坎蒂回到城堡商讨是否要将水晶球捞上来。他们谈到了许多事情，提出了后顾之忧，也畅想起未来。到最后，他们决定让塔尔诺夫大水晶球留在河底。水晶球固然美丽动人，可也是招致厄运的源头。如果水晶球的消息再传出去，波兰会变成众矢之的，世界各国都会派兵来抢夺它。那岂不是必须时刻驻兵镇守瓦维尔山上的皇家城堡？水晶球放在任何地方都不安全，所以倒不如让它静静地躺在河底吧。

之后的几个世纪，陆陆续续有人来到维斯瓦河寻找水晶球，但都一无所获。或许就在炼金术士把它扔进河里的那天，水晶球就已被河水冲到了其他地方。

这件事过去后，安德鲁如愿得到了国王封赏，回到乌克兰重新建立起自己的家园。那年，他把炼金术士克鲁兹和埃尔兹别塔接到他家，两家人从此幸福地生活在一起。经过那场劫难后，克鲁兹心力交瘁，身体也搞垮了。等他完全恢复神志时，已经离水晶球落水事件过去好多天了。不过，他似乎患上了失忆症，之前的种种一点也记不起来了，这或许是他精神上受到重创的缘故吧。至于他那个学生特林，从火场逃出去之后，直接跑回了德国老家，再也没敢重返克拉科夫城。几年光景很快过去了，特林在他的家乡成了一名小有名气的魔术师。据说，他变戏法的时候，会召唤魔鬼出来帮忙。

约瑟夫继续进修自己的学业。他在二十二岁那年大学毕业，然后回到了乌克兰，继承家业。再后来，他自然是娶了青梅竹马一起长大的埃尔兹别塔，过上了幸福美满的生活。

正必压邪，上帝不会辜负任何一个善良的人。每一个波兰人也都会像安德鲁一家那样守护自己的国家，守护自己的家人。他们心中念着同一句祷告词——愿主保佑波兰！

尾声 最后一个音符

　　时光飞逝，转眼间已经是 1926 年了。维斯瓦河早已改变流向，不再绕着克拉科夫平原流淌。它也不再是卡齐米日城和克拉科夫城之间的界线。这条长河在很远的地方拐了个弯，向平原的左方奔腾而去。抬头望去，百年前修建的城堡、高塔，甚至是那些大教堂，依旧高傲地屹立在瓦维尔山之上。在历史的发展进程中，克拉科夫城历经千锤百炼，熬过八个世纪，存留到现在。古老的圣安德鲁教堂仍然是格罗兹卡街上的标志性建筑，而那个建于文艺复兴时期的纺织会馆，也还在集市广场的中心，保存完好。如今的克拉科夫城已光辉不再，更没有国王坐守皇家城堡。不过，十五世纪遗留下来的光辉文化依然倍受世人瞩目。克拉科夫城在学术、艺术、音乐、手工艺和贸易等方面创造了令人瞩目的成就，吸引了大批学子到此地学习进修。在这座历史悠久的古城中，巧夺天工的哥特式建筑随处可见。在经历鞑靼人、哥萨克人和瑞典人无情践踏和蹂躏后，那些残存下来的尖顶式建筑始终散发着文艺复兴时期的气息。

　　即使到了近代，圣母圣殿也还是克拉科夫城里最宏伟的建筑。后人在它的四周又建起了各式各样的建筑物和大宅院，将它团团围住。现在，站在远处眺望，也只能窥见教堂的高塔。倘若你愿意绕过杂乱无序的建筑，走到教堂跟前欣赏全貌，保证会被它的恢宏气势所折服。登上庄重的高塔，眺望窗

167

外，你会发现远处有数不清的屋顶，成千上万只白鸽飞落到广场上，啄着碎面包。教堂的格局似乎从来不曾变动过。高塔脚下仍然是旧城的墓园，堂内的墙壁上还是挂满了经文和圣物，而关押犯人的刑具始终放在南面的入口处。这座教堂是如此美丽惊艳，它更似一间艺术博物馆：精美的木雕，镶嵌着星星的蓝色拱形屋顶，神似低头思考的石头雕像，还有碑文、旗帜、圣坛和圣物，所有珍品汇聚在这间教堂之中。前来参观的游客们无不为它的美而发自肺腑地赞叹。

你听，那是什么声音？这段神曲般优美的音乐是从哪里传来的？原来是那座高塔。克拉科夫的城民们沿袭了数百年来的传统，每隔一小时便有人鸣钟，吹奏四次《赫纳之歌》——正是几百年前那位年轻人吹奏的圣歌。世人为了纪念这位在鞑靼人火烧克拉科夫时英勇就义的号手，如今依然是吹到最后几个音符之处就停止。每任号手都会效仿先辈，对着东南西北四个方向分别吹响一次圣歌。每当号声响起，全城的男女老少都不由得想起那个将自己生命献给国家、献给上帝的吹号手。

过去的数个世纪以来，波兰境内战乱不断。曾经无数次沦陷失守，又收复疆土，造就了波兰人坚毅不屈的精神。不管发生什么巨变，《赫纳之歌》都每隔一小时必定准时响起。每位接任的号手都要发誓将祖辈传下来的习惯坚持到底，永不违背诺言。

听，悠扬的圣歌又传来了。愿《赫纳之歌》能够给世界带来和平！

作 者 鸣 谢

本书作者特别感谢在创作期间向他提供帮助的所有人：

★克拉科夫大学英文系教授罗曼·戴波斯基；

★大学图书馆馆长弗雷德里克·佩普及其助手索菲娅·阿梅森博士与沃切克·盖尔克奇博士；

★旧档案馆馆长亚当·切米尔；

★克拉科夫学院图书馆海琳·D.阿班科尔·弗朗克维尔女士；

★大学学生海伦娜·沃科维兹女士；

★及来自克拉科夫的索菲娅·斯莫鲁霍夫斯基夫人。

附 注:

    原著第 113 页中提到的水磷（*aqua phosphorata*）物质是一种由古时炼金术士混合而成的发光液体。如今人们熟知的化学物质磷（拉丁语学名：*Phosphorus*）最早是在 1699 年由一名叫勃兰特的人发现的。1595 年，意大利炼金术士温琴佐·卡斯卡李欧罗发现矿物质博洛尼亚石（英文名：Bologna Stone）这种特质及发光原理。直到 1602 年，西皮奥·贝伽特罗利用了前者的突破性成果。据记载，有其他学者认为在更古老的年代，已有炼金术士和魔法师开始使用类似的发光物质。